Алвег Спог

Шанс

Рассказы

Вспоминая с благодарностью

Содержание

Предсказуемо

Солнце взошло на востоке. Это было предсказуемо. А вот то, что меня вызвал к себе начальник нашего отдела -нет. За все время работы здесь,-а это более 700 дней,- он видел меня один раз. И это только тогда, когда ему сказали, что я новый сотрудник. Сейчас он попросил закрыть дверь, и затем спросил меня, когда я ушел с работы накануне. Я ответил, что в начале двенадцатого ночи. Он спросил, видел ли я кого-нибудь еще на нашем этаже. Никого. Он сказал, что это все и я могу идти и спокойно работать.

Конечно, я спросил, мол, что не так. Он объяснил, что накануне кто-то из нашего отдела поздно вечером кинул идиотскую программу на наш суперкомпьютер. Супер считал всю ночь, типа 1+1+1+1.... И при этом посылал все на принтер. К утру, через 11 часов работы, принтер отгрохал бумаги в метр высотой и в наш отдел пришел счет на несколько тысяч долларов. Изюминка на торте: все было сделано от имени начальника нашего отдела. А так как было известно, что я работаю очень поздно, то может быть я ... И вообще, этим начало заниматься ФБР. Но я ничего не видел. К тому же, уровень моих знаний в работе с суперкомпьютером исключал меня из числа подозреваемых.

Через 15 минут после того, как я вернулся в свой загон, срочно объявили собрание всего отдела, более сотни человек. Это было впервые. Я, естественно, решил, что будут говорить о том, что произошло вчера ночью. Ошибся. Нам сообщили о том, что произошло полчаса назад. Убили нашего менеджера. Сообщение было на удивление туманным. Мол, убили тремя выстрелами. На улице. Полиция в работе. Детали неизвестны. Слухам не верить и не распространять. Возвращайтесь на рабочие места и спокойно работайте. Будете проинформированы.

Специфика нашего отдела, который занимается тепловым и нейтронным анализом активных зон реакторов, состоит в том, что мы находимся в постоянном компьютерно-телефонном контакте с несколькими ядерными электростанциями. Естественно, через 10 минут уже все знали все, не зная ничего. Поскольку покойный менеджер был Антонио Бандерас-типа, то сразу возникла версия шерше ла фам. Правда, несколько смущал тот факт, что убили его утром. Прошло больше часа, новых деталей не поступало, и все нехотя вернулись к работе. И я тоже. Но ненадолго.

. Помните, у К. Чуковского, "…И такая дребедень целый день… То тюлень позвонит, то олень." Мне позвонил мой дядя из другого города. На работу до этого он не звонил никогда. Первым делом он попросил меня не волноваться и не брать себе в голову. Естественно, я сделал все наоборот. После чего он мне сообщил, что со мной хочет встретиться сотрудник ЦРУ. Когда я начал цитировать "America, the Beautiful" он сказал, чтобы я его не позорил, так как текст песни на английском. А я, судя по всему, использую смесь идиша с украинским. В общем, волноваться у меня нет никаких оснований, но будет неплохо, если моя жена будет в курсе. И закончил загадочной фразой: ЦРУ — это не КГБ.

Я ничего не брал себе в голову. Там уже не было места. Слабое успокоение приносила мысль, что меня хотят пригласить на работу в ЦРУ в качестве советника. Оставалось выяснить, советника в чем. Я позвонил жене,

-Все в порядке.

-Тогда чего ты звонишь?

-Тебя успокоить.

-С чего вдруг? К чему бы ты вдруг стал такой внимательный? Тебя уволили? Ты разбил машину? У тебя что-то ампутировали? Она беременна? Тебя похитили? Так у меня денег только на стирку осталось. Короче, Пан Зюзя, вус трапылось[1]?

-Со мной хочет говорить ЦРУ.

-Так и знала. Как моя мама была права! А ведь могла…

-В общем, возможно, задержусь сегодня.

-Так, не трепещи крыльями. Где встреча?

-Еще не знаю.

-Сразу же дай мне знать. Я подъеду и буду караулить.

-Кого?

-Как кого? Тебе же сделают укол с водкой, кинут в багажник, а потом на конвейере медленно засунут в топку паровоза. Уже на Лубянке.

-Я на работе и не могу трепать. В общем, хватит нести ахинею. Буду знать что-то, сразу перезвоню.

Только я положил трубку, как мой руководитель группы вызвал нас всех на собрание группы, что обычно происходило в конце недели. Сегодня был вторник. Там он помахал перед нашим коллективным носом ворохом бумаг. Это оказались распечатки наших телефонных разговоров за

11

прошлый месяц. Оказывается, каждый из нас, в среднем, провел на телефонной болтовне, не связанной с работой, около 70 часов. Один из нас был на недосягаемой высоте, то есть болтал со своей подружкой около 180 часов. Но так как его предков помимо их воли привезли из Гвинеи на плантации Миссисипи, то ему просто погрозили пальцем и замели часы под ковер.

Нас в очередной раз сурово предупредили. После этого так, мимоходом, сказали, что похороны нашего менеджера будут завтра. На идиотские вопросы, за что убили, ответили, что, итак, потрачена уйма времени и пора, наконец, начать отрабатывать зарплату.

Долго отрабатывать зарплату не пришлось. Телефонный звонок. Извне. Звонил тот, о ком меня информировал мой дядя. Он сообщил мне, что хотел бы со мной поговорить. С моим начальником он уже договорился, и я могу уходить хоть сейчас. Ждет он меня через час в таком-то номере мотеля Days Inn. Нехотя я набрал свой домашний,

-Ну, как дела?

-Ты откуда говоришь? У тебя такой голос, как будто тебе вкололи не водку, а кефир. Короче, где встреча?

Я сказал. У нас все еще была одна машина, так что жена меня подобрала и через 7 минут по-ездки высадила у мотеля,

— Значит так, если через час ты не возвраща-ешься, я поднимаю кипеш. В каком номере эта случка произойдет?

--У меня впечатление, что ты сама себе уже что-то вколола и ...

-Не умничай. Я не собираюсь возить тебе тефтели в Воркуту. И вдовой тоже невыгодно в таком воз-расте. Это как при наличии двух детей считаться старой девой. В общем, больше слушай и меньше расхваливай Союз.

И я пошел, как выразилась моя жена, на случку. Этот сотрудник ЦРУ был весь усредненный. Средний возраст, средний рост, непримечательная внешность, никакой костюм. Вообще, в полном соответствии с требованиями профессии.

-Я буду записывать наш разговор. Вы не возражаете?

-Да нет, пожалуйста.

-Я понимаю, что работа в данной отрасли требует хорошего знания языка. Надеюсь, переводчик нам не понадобится. Да у меня его и нет.

Он рассмеялся.

-Да, извините, не представился. Джим Лацингер, армейская контрразведка.

-Не ЦРУ?

Он улыбнулся. Улыбка была приятная,

-Вы разочарованы?

-Нет, нет! Ну что вы?

-Они здесь ни к чему. Я вам объясню причину, почему вы здесь. Это абсолютно рутинное интервью, которое мы проводим с большинством эмигрантов из интересующих нас стран. Ну, надеюсь, вы понимаете, что ваша страна…,-он поправился,-…извините, ваша бывшая страна нас интересует.

Это СССР еще не развалился. И потекло интервью. Все было очень неформально. И, в общем-то, никаких скользких вопросов не было. И я расслабился. Даже позволил себе пошутить. Шутка была правильно воспринята. Незаметно прошло время. Я глянул на часы и, наверное, видимо содрогнулся, ибо Джим мгновенно,

-Вас что-то беспокоит?

Ну как мне ему сказать, что скорее всего в школе армейской контрразведки не проходили, что значит кипеш в исполнении моей жены. А уже прошло больше часа.

-Да нет, Джим. Все в порядке. Просто жена меня ждет на парковке, и я хотел бы ее предупредить, что я задерживаюсь, и чтобы она…

Он рассмеялся,

-Вы даже себе не представляете, насколько это типично для эмигрантов из СССР. Почти всегда жены ждут где-то рядом. Бояться, что их драгоценных похитят. Или что мы на самом деле с Лубянки и так убираем предателей.

Я, с деланным смешком,

-Ну-у, где-то так.

Джим,

-Да мы уже почти закончили. Еще пару вопросов. Выдержите?

-Конечно.

-Вы не помните, как фамилия генерального директора вашего предприятия? Ну там, где вы проработали много лет?

-Помню. Сказать?

-Ну, если вы не боитесь, пожалуйста.

Почти уже все. А, ну да, еще один вопрос.

-Так, ну и последний вопрос. У вас на заводе выпускалась военная продукция? Или, скажем так, продукция двойного назначения?

Я знал, что выпускалась. Но мне захотелось сыграть под героев Ли Марвина или Гарри Купера,

-Даже если бы и знал, то посчитал бы неэтичным говорить об этом.

Джим улыбнулся,

-Да я у вас не пытаюсь что-то выпытывать. Мы опрашиваем многих людей в отношении какого-либо объекта и, используя метод Больших Чисел, приходим к более-менее вероятному результату.

Я откашлялся. Ну, слава богу, все уже.

И Джим,

-Все, большое спасибо за интервью. Надеюсь, что я не задал вам ни одного дискомфортного вопроса. И, кстати, вопросы стандартные и проверены юристами на предмет уместности, скажем так. Можете спокойно сообщить своей жене, что все в порядке. Вон, по-моему, это она идет от парковки сюда.

И он произнес это все на чистейшем русском языке без малейшего акцента. Видя мое совершенно растерянное лицо, а я и не пытался скрыть этого, он довольно произнес,

-Ну, судя по вашей реакции, наши инструктора заслуживают свою зарплату. Всего хорошего. Если будет надо, мы с вами снова свяжемся.

По дороге домой я был непривычно молчалив.

-Что такое? Тебе предложили меньше денег, чем ты ожидал?

-Нет, я сказал, что буду работать бесплатно. За идею. Понимаешь, если серьезно, то, что они делают, это на самом деле. Это не игра в разведчики. Это все для того, чтобы…куда ты заворачиваешь?

-Угостить тебя пирогом с брусникой в этом кафе и напомнить, что ты в Америке, а не в Кандалакше. Кстати, деньги при тебе? А то я…

-Конечно. Я знал, что ты меня захочешь угостить, так что десятка у меня с собой.

А назавтра мы все, весь отдел, собрались на кладбище. Я стоял недалеко от могилы и видел вдову нашего менеджера и его трех детей, от 5 до 14 лет. Уже все знали, что застрелила его наша белокурая красотка-секретарша, которая уволилась вскоре после того, как я начал работать.

Он перед работой зашел к ней, а она, открыв входную дверь, выстрелила в него три раза. За то, что это был он. За то, что он зашел, как и заходил не один раз, но не захотел остаться. Не захотел бросить свою семью. За то, что… да за все то, за что женщина 37 лет может застрелить женатого мужчину 45. Вдова чувствовала взгляды, даже когда на нее не смотрели. Она все знала. А оставалось ей самое трудное, объяснить это детям.

А еще через два дня мы знали, кто устроил шутку с нашим суперкомпьютером. Половину нашего отдела составляли физики-ядерщики. Им несколько лет не повышали зарплаты. Ну, вот один из них так и выразил общий протест. ФБР

так и не докопалось

И я думаю о том, что нет случайного. Просто

чаще всего мы этого не видим. Не видим, что все

предсказуемо.

1-что случилось? (комбинация слова "вус" (идиш) и " трапылось" (укр.))

Морелиа Брэдли

-Ты не поверишь, кто у меня живет.

-Не поверю. У тебя жить невозможно.

Я знал, что мой приятель мне не поверит. Я бы
себе не поверил тоже. Недавно я ему открыл, что
Бернард Шоу использовал факты из жизни моей
бабушки в своей пьесе "Пигмалион." На что он,
фыркнув, сказал, что Шоу использовал известную
легенду. Я выдержал 40-секундную паузу и негромко,

-Так что, НЛО легенда тоже?

Поскольку он так не считает, я объяснил насчет
Шоу,

-У его героини, Элизы Дулиттл, есть общее с
моей бабушкой.

Он, насмешливо,

-Обе женщины? Или по два глаза?

Я легко сделал обиженный тон,

-Я же не комментирую, что твои дед торговал мылом у входа в библиотеку. А мог бы.

-Ну, что общего? Хватит кудахтать, несись уже.

И я поведал, что у тетки Элизы Дулиттл сначала украли шляпку, а потом ее кокнули. А у моей бабушки украли кошелку с курицей. А восемь лет спустя умер служка в местной синагоге. И что для Шоу этот эпизод с курицей послужил вдохновением для рассказа о тетке Элизы. И для убедительности добавил,

-Шоу никогда об этом не говорил, чтобы не потерять престиж. Но подумай сам, как же еще он мог додуматься до эпизода с теткой и шляпкой, если бы у моей бабушки не украли кошелку с курицей?

Я это сказал негромко, но убедить себя не смог. Мой приятель посоветовал мне обратиться к любому врачу, кроме логопеда.

-Просто скажи то же, что сказал мне. Я подтвержу под присягой.

Понятно, что теперь он был настроен настороженно,

-Так кто живет у тебя?

-Я же сказал, что ты не повер…

-А я и не говорю, что поверю. Просто интересно,
сколько у тебя еще тараканов в голове.

-Ладно, не хочешь верить-твое дело. А как у тебя
со страхов…?

Он, с раздражением,

-А как я могу чему – нибудь верить, если ты ничего не говоришь? Опять тайны! Что ты, что
твои дети-вечно тайны, недосказанности, сек-
реты. Что на завтрак? Секрет! Сколько окон в
квартире? Секрет!

У меня все открыто, ты знаешь и мою зарплату,
и моих знакомых, и куда я еду, и что ем.

Я, с фальшивым миролюбием,

-Раз ты настаиваешь. Но только, между нами. У
меня живет Морелиа Брэдли.

Реакция была ожидаемая,

-То, что ты идиот у меня сомнений никогда не было. Что я не ожидал, что ты настолько идиот. Тебе что, мало всех этих обвинений, судов, слез на публику, истерик? Ты хоть телевизор раз в месяц открываешь? Хоть сколько ей лет?

- Подросток.

- Недоумок! Дебил! Совсем уже тик-ток в мозгах. Подросток! Ты где ее подобрал, в подземном переходе или на парковке в аэропорту? Хоть откуда она?

Я, с гордостью,

-Из Австралии.

-А как она сюда попала? Очередная соблазненная и покинутая?

Я, с гордостью за социальную справедливость,

-Ее не спрашивали. Перевезли сюда и все. Гуляй Вася.

Пауза. Мой приятель, судя по всему, пытается припомнить матерные слова, которые относятся только к мужскому полу. Восемь слов, которые знает он, знаю и я. Не эффективно. Он, чуть спокойнее,

-Ну, и что она делает целый день? И какой у нее статус?

-Да спит. И жрет. Статус? Нелегал.

-Не понял. У тебя же одна комната. Спит она где? Или ты такой дурак…

-Да не, спит на полу, возле моей кровати. А днем, когда жарко, спит в ванной.

Он, с пониманием,

-Ну, это понятно. Я был в Австралии. Разница во времени почти 18 часов. Ну, хоть симпатичная?

Я, искренне,

-По своему-да.

-Блондинка, брюнетка, рыжая, в клеточку… Хоть опиши. По-моему, ты влип так, как давно уже не влипал.

Обращаясь к своей жене,

-Ты знаешь, что этот идиот, да ты знаешь, о ком я, наделал?! Притащил к себе в дом нелегальную девчонку-подростка из Австралии! Я тебе говорил давно, что он на мозжечок слабоват!

И снова, в мой адрес,

- Эта австралийка обойдется тебе будь здоров. А если еще и забеременеет...

Я, убежденно,

-По-моему, она немножечко уже.

Молчание. Ну, я бы молчал тоже. Но более двух минут-уже слишком,

-Алло, ты там?

-Я да, а вот ты уже давно уехал и поехал. Она беременная, нелегал, подросток. У меня же будут интервью брать, как я мог столько лет общаться с тобой и не заметить, что вместо головы у тебя задница. Ты же просто...

-Да, подожди, ты же хотел узнать симпатичная ли она. Блондинка, в клеточку, брюнетка.

Он, с глубоким убеждением,

-Увидимся с ней в зале суда, когда тебя будут как педофила кидать.

-Да, ладно. Она не блондинка. Она ромбическая.

Мой приятель глубоко вдохнул и долго не выдыхал,

-Какая?

-Ромбическая.

-Она чего, в татуировках в виде ромбов по всему телу? Маорийка, что ли?

-Да, ромбы по всему телу. Я, правда, на живот не заглядывал. А сама из Северных Территорий.

Он, с ехидством,

-Родственнички заглянут по случаю новорожденного. Срок какой?

Я, действительно не зная,

- Черт его знает, какой у них срок.

-Обычно, кретин, 9 месяцев. У всех женщин беременность длится 9 месяцев. Читай Устав Гарнизонной и Караульной Службы!

Я, обиженно,

-А кто тебе сказал, что это женщина?

-Ты. Ты же сказал, что это подросток. Сказал имя. Типа, Брэдли.

Я, разворачивая полный калибр,

-Имя? Это латинское название австралийского питона. Обычно они достигают в длину три метра. А то, что живет у меня-всего около двух метров. Значит, подросток.

-Питон? У тебя дома? Беременный?

-"Да" на все три вопроса. И только не надо, что я тебе что-то сбрехал. Выводы делал ты. Нелегал-подросток, девочка из Австралии, соблазненная...

-Питон? Это питон?

-Нет, это Анка-пулеметчица! Ты что, вообще уже съехал?

Он, явно приходя в себя,

-И где ты ЭТО откопал?

-В убежище для брошенных животных. Он так на меня смотрел! Так смотрел.

- А слюни у него при этом не капали? Ты для него - как жирный каплун для монаха. Подо-жди! Он? Ты же сказал, что это она.

Я, с достоинством,

- Я ему ни в штаны, ни под юбку не заглядывал. Не то воспитание.

Он, с благородным возмущением,

-Но ему нужны особые условия, еда, где гулять. А у тебя что?

Я, с таким же благородным возмущением,

-Во-первых, в Австралии жарко, а у меня нет кондиционера. Так что здесь полный порядок. Во-вторых, кормлю его салями, беконом, пару раз давал гефилте фиш. Все ест. На желудок не жалуется. Гуляем каждый вечер. Вешаю на шею, выхожу на улицу. Медленно прохаживаюсь. Ино-гда выпускаю его на поводке на тротуар. И, кстати, дверь в квартиру не закрываю, так как он висит на притолоке при входе. Виден издали.

- Сожрет он тебя.

-Он не человек, к интернету не подключен, подлости не знает.

-Ну, причем тут подлость? Сожрет он тебя из-за большой любви. Это они, питоны, так это выражают. С любимыми не расставайтесь! Это про них.

Мы посмеялись.

И уже вечером, перед тем как укладываться в койку, я подумал,

- А почему бы и в самом деле не завести питона? Да еще с таким аристократическим именем, Морелиа Брэдли.

Volare!

Volare oh, oh
Cantare oh, oh
Nel blu dipinto di blu
Felice di stare lassù

(Domenico Modugno, Volare!)

-Часы снимать?

-Не надо. Проходите.

Я сделал два шага и вошел в прозрачную будку сканирования на безопасность. Ничего не завыло и не замигало. Женщина в униформе равнодушно глянула куда-то вверх и махнула мне рукой, мол, давай, двигайся. Я вышел из будки и тут же был остановлен молодым человеком, тоже в униформе,

-Вы все выложили для проверки?

-Да.

Он покачал головой и указал на что-то сзади,

— Вот, смотрите сами. Сканнер показывает, что вы или в одежде, или на теле проносите металл.

Я оглянулся и посмотрел на экран сканнера. Там был схематически изображен плечистый коротконогий мужчина, у которого вся правая часть оранжево мерцала.

— Это что, я?

-Да. И то, что в цвете — это где находится металл. Еще раз проверьте, все ли вы вынули из карманов. Может, пояс у вас с пряжкой?

-Да нет. Да какой металл? Ну, утром поел овсянку. Там есть железо.

-Вы хотите шутить? Я должен вас проверить ручным сканнером и также обыскать вас. Если вы возражаете, то…

-Да нет, давайте. Уже посадку объявили.

Он запустил мне руки за пояс и быстро проверил отсутствие пояса смертника. Где-то раза четыре. Потом также быстро, но тщательно ощупал брюки от ступней почти, скажем так, до паха.

-Поднимите руки.

Пока он сканировал меня ручным прибором, я оглянулся на экран главного сканнера. Ничего не изменилось. Так же оранжево мерцала правая часть схематичного индивида.

Этот молодой человек в униформе, чем-то напоминавший знаменитого фокусника Арутюна Акопяна, отошел в сторону, и что-то наговорил по телефону. Потом пожал плечами и махнул рукой, мол, давай, двигайся.

Самолет был заполнен. Мое место было ближе к хвосту и у прохода. Сосед слева, очень полный мужчина, достал из сумки три отростка сельдерея, и без аппетита сжевал их, откусывая сразу по три. Это мы еще не взлетели. Прошло минут 15, уже все уселись, стюардессы проверили все, что требуется. А мы еще стоим. Но на земле стоим, можно расслабиться.

Конечно, где-то в подсознании начали бродить мысли, что если здорово опоздаем, то другой самолет из другого аэропорта улетит без меня. Ну, так улетит. Может, к лучшему.

Но тут заговорила громкая связь,

-Леди и джентльмены. Мы приносим свои извинения за задержку вылета. Дело в том, что наш самолет должен заправиться горючим. Это займет минут 20. Еще раз, приносим свои извинения за доставленное неудобство.

15 минут спустя,

-Леди и джентльмены. Впереди нас еще один самолет стоит на заправку. Но после него-мы первые. Мы приносим свои извинения за задержку вылета.

Через 40 минут,

-Flight attendants, prepare for departure.

Когда начали запускать двигатели, я сразу вспомнил В. Высоцкого "…Напрягся лайнер, слышен визг турбин…" Потому что, именно визг и был слышен. И с одной стороны. Ну, как понятнее это объяснить? Ну, как железом по стеклу. Или бормашиной по коронке.

Не надо обладать инженерным чутьем, чтобы предвидеть следующее,

-Леди и джентльмены. Мы приносим свои извинения за задержку вылета. Небольшая неполадка с правым двигателем. Уже выехала ремонтная бригада. Устранение займет буквально минуты.

Через 20 минут,

Flight attendants, prepare for departure.

Мы разбегались так долго, что я думал, что по земле и доедем. Наконец оторвались. Визг в двигателе не исчез. Не страшно, за 3 часа полета привыкнем. Несколько раздражал воющий звук электропривода, пытающегося втянуть шасси. Так до сих пор и не знаю: втянули или тоже привык.

Где-то через час полета около меня остановилась одна из стюардесс,

-Вы хотели что-то спросить? Вы нажимали кнопку вызова?

Она задала вопрос профессионально-приветливо. Своим видом она внушала доверие. Безусловно этому помогала светившаяся в ее глазах забота об оставленных дома внуках.

-Понимаете, у меня пересадка и…

-Мы опаздываем. Пилот пытается нагнать график, но, скорее всего, будем впритык.

-Может повезет и тот рейс тоже запоздает?

- У вас есть номер рейса? Я сейчас постараюсь выяснить.

Информация была неутешительная. Другой рейс не запаздывал.

-Понимаете, меня будут с того рейса встречать, а позвонить я не могу…

Она улыбнулась,

-Давайте ваш номер, и я воспользуюсь нашим спец кодом и пошлю вашим знакомым сообщение, что рейс опаздывает. И, скорее всего, вы на второй рейс не успеете.

А за минут 10 до посадки, она снова подошла ко мне,

-Мы заруливаем на Терминал № 14. Ваш рейс уходит с Терминала № 38. Вы хорошо бегаете?

Я начал ей рассказывать, что люблю бег. . А бег на длинные дистанции еще больше. А более всего-люблю бег в гору, так называемые тягуны, и, если еще в жару….

Она меня прервала,

-У вас 8 минут ,чтобы добежать до Терминала № 38. Там надо подняться на два уровня, два эскалатора, штук 5 поворотов, в общем-это то, что вы любите. Значит, так. Через несколько минут мы сядем. Прямо сейчас идите и стойте возле двери. Я разрешаю. Как только подкатит переход, бегите и на выходе сразу налево и пока не увидите № 38 не тормозите. Багаж?

-Сумка. Вот, под ногами.

-Все, давай. Двигай!

Я смутно помню ошарашенные лица работников аэродромного обслуживания, которые подсоединяли переход к нашему самолету. Я проскользнул в щель, вырвался из перехода налево, успев глянуть на часы. Оставалось 6 минут до вылета. И где-то 1.3 мили до заветного терминала.

Потом я еще 5 часов ходил от терминала № 38 до Терминала № 14, в ожидании следующего рейса. И могу точно сказать, что был самым первым из 27 человек также опоздавших на тот рейс.

А совсем незадолго до этого прилетел в огромный и неуютный аэропорт имени Первого Светского Преобразователя бывшей великой империи. И опять опоздал. Но повезло. Потому что те, кто приехали чуть раньше меня, были убиты прямо в терминале борцами за Свободу и Независимость Ислама. А приехали они раньше, потому что хотели пройти через рамку безопасности, пока нет толпы. Убили их перед входом в рамку. Так что на безопасности полетов это не отразилось.

Брак по расчету

-Ну, наконец-то повезло,- жена закрыла дверь в гараж и прошла в комнату,- эй, ты дома?

-Нет.

-Хорошо, а то пришлось бы рассказывать. Сумки вытащи из багажника.

-Та, подожди.

- А чем ты занят?

-Тише. Раскричалась, как у себя дома.

Как у себя дома?! А где я, интересно? Ты еще бы...

-Да, тихо! Смотри...Да не на меня!

-Ты пойдешь разгружать багажник или я все долж......О, господи, ну и ну!

Это действительно было ну и ну: прямо за окном здоровенная змея, черная и толстая, не отрываясь смотрела на нашего кота, который, как настоящий, некастрированный, не отводил от нее взгляда. Эти гляделки продолжались уже более 2-х минут.

-Пойди возьми швабру и трахни эту тварь по башке. Или я это тоже должна делать? А то от Леопольда останется только вздох.

-Ну да. И лишиться зрелища настоящего поединка? Это тебе не договорные схватки стероидных мальчиков в октагоне, когда…

-Ты пойдешь в гараж, или нет?

-А кстати, в чем тебе повезло? Встретила школьную любовь в отделе "Мороженые овощи?"

- Если бы встретила- не тебе об этом знать! А впервые, почти за год, встретила русскоязычную. На парковке. Я уже думала, что сюда их не пускают.

- Не пускают? Они сюда сами не ездят. В общем, вот это и есть твое "повезло?"

За окном что -то молниеносно промелькнуло. И мизансцена кардинально изменилась. Теперь наш Леопольд сидел на ветке над змеей, а она медленно оттягивалась назад, совершенно бесшумно сворачиваясь в черную толстую тугую пружину.

- Я же тебе сказала, что пойди возьми швабру. Они так будут тянуться до утра.

-Ну, короче, встретила эту русскую на парковке. Так что, теперь не жить?

-Так, больше я просить не буду насчет разгружа…-

-Да ладно, иду. Уже нельзя на гадюку посмотреть.

-Да этих тварей здесь больше, чем комаров. Посмотреть ему надо…

Жена была права. Змей вокруг было полно. Первое время я не мог понять, почему на многих деревьях ветки как-то необычно изгибаются вверх. А это оказались свисающие с деревьев змеи. Так и не привык.

Наконец, багажник был разгружен и холодильник удалось закрыть. Но ожидаемого вознаграждения в виде жаркого из телятины я не получил.

-Не понял, сегодня что, Иом-Кипур? Или Великий Пост? Или просто забастовка? Кушать будет подано?

- Будет кушать подано. Одевайся.

-Одевайся?! Может запонки одеть, костюм из чесучи?

-Не изгаляйся. Сегодня ужинаем в ресторане.

— Это с чего вдруг? Твоя мама приезжает?

-Опять моя мама? Не можешь без этого?

-Завелась. Ладно, проехали. Ну, какой ресторан в среду?

- Я договорилась с Полиной, что мы сегодня поужинаем вместе.

-Ну и ужинайте, я-то при чем? Стой, какая Полина? Полина — это кто, та ободранная котяра, что искушает нашего Леопольда уже месяц?

Жена (холодно),- Ту ободранную котяру зовут Паулина. Что еще инженер 3-ьей категории не понял? Короче, одевайся.

В машине жена мне немного прояснила, кто есть кто. Полина-ленинградка, окончила консерваторию по классу рояля. Здесь уже несколько лет. Ничего стоящего нет. Музыкальные уроки дают немного. Ученики- в основном, китайцы. Не так давно вышла замуж.

Жена замолчала. Как-то не очень натурально. Но она вела машину и я не надоедал с вопросами.

После долгой паузы она,

- Да, вышла замуж. Это уже второй брак.

-Здесь?

-Да нет, первый- еще там.

И еще после одной паузы,

-Ты ее мужу не очень удивляйся. По крайней мере, не показывай.

Меня заинтересовало,

-Что так? Он президент страны? Или это "она?"

-Не "она." Просто Полина все понимает и видит, так что, ну хоть раз в жизни постарайся не быть собой. То есть, будь тактичным.

— Это я- бестактный? А когда твоя мама заявила, что...

За словообменом мы не заметили, как приехали. Ресторан был достойный. Не самый- самый, но и не Рюмочная. Полина с мужем нас встретили у входа, и мы были проведены к зарезервированному столику. Полина, молодая женщина , интеллигентного вида, высокая, привлекательная, с совершенно забытой прической "крендель" на затылке. Ей это очень шло. Что-то дворянское.

Муж- маленького роста, латиноамериканец, очень смуглый, глаза с постоянным прищуром, как целится, улыбается часто, но не широко. Волосы на прямой пробор, что тоже довольно забытая мода. Полина, или как она представилась, Пола, сразу попросила, чтобы на русский не переходили, так как ее Рауль не любит, когда в его присутствии с ней говорят на непонятном языке. Нормальный подход. Я бы тоже такое не терпел.

Разговор не клеился. Пола на хорошем английском рассказывала смешные истории о своей студенческой жизни в Питере. Рауль вежливо улыбался, но, судя по всему, восторга не испытывал. Наверное, слышал уже не раз. Моя жена рассказала о нескольких наших поездках в пустыни, которые,-поездки,- серьезно вообще невозможно воспринимать. Пола смеялась, Рауль несколько раз хмыкнул. На меня он как-то странно посматривал. Как-то настороженно, что ли. Вроде бы, ожидая какой-то подвох или издевку. Не могу сказать.

Когда жены ненадолго удалились "сполоснуть руки," я так, слегка, прокомментировал это. Рауль улыбнулся. Я рассказал о нескольких потешных ситуациях на работе. Он посмеялся. О себе он не сказал ни слова. В общем-то ужин, за который заплатил я, ибо мы приглашали, прошел обычно. Кстати, Пола настаивала заплатить свою долю. Рауль не настаивал.

Домой мы ехали молча. Как-то говорить не хотелось.

-А он ее иногда бьет.

-Кто? Вот этот Рауль?

-Ага. Она мне в туалете призналась.

-Ну да, исповедальня еще та. А вообще, я понять не могу, какого лешего эта интеллигентная и приятная женщина вышла за него. На директора NASA он не походит. Или я чего-то не понимаю?

-А ты обратил внимание, как он на тебя смотрел?

-Как? С любовью? Или с вожделением?

Жена искоса глянула на меня,

-Не понял. Жаль.

-Да, ладушки, говори уже.

-В другой раз. Сам покумекай.

-Начинаются эти конспиративные дела. Подумай, покумекай, сам не видишь…Короче, не хочешь говорить?

-Не хочу. Скучно.

-Ну и черт с ним, с этим Раулем. То же мне, Маугли нашелся.

Жена засмеялась,

— Это хорошо нашел.

И тема потухла.

Через несколько дней я после работы зашел в местный супермаркет. Уже накидал товара в тележку и шел к кассе, когда кто-то вдруг сильно хлопнул меня по спине. Так, не шлепнул, а хорошо хлопнул. Заложенные в 13-ти летнем возрасте непечатные определения, метафоры и глаголы всколыхнулись от удара и были уже готовы выплеснуться из меня. Я обернулся. Передо мной стоял Рауль.

Он широко улыбался. Да нет, не улыбался. Это была не улыбка, а скорее насмешка, так, с налетом какого-то превосходства и чуть-ли ни презрения. На нем был халат чернорабочего. На ногах какие-то раздолбанные кроссовки. Судя по кожаному фартуку, он работал в мясном отделе.

-Ну, смотри, инженерам тоже нужна еда.

Это без приветствия.

-Привет, Рауль. Да уж, нужна. А ты чего, здесь работаешь?

-Пока платят-пока работаю. Надоест- другое найду. Ты-то привязан. Как раб.

Он снова хмыкнул. Несмотря на то, что мы были где-то одного роста, меня не покидало ощущение, что он смотрит на меня свысока.

-А Пола как?

-Да никак. Сидит с ученичками. Хоть бы что-то приятное играла. А так-вроде траву косят перед домом. Ну, бывай, мне работу надо делать.

И ушел.

Дома я в лицах пересказал жене эту встречу.

-Ну, теперь дошло? Он же никто. Полное. И тут его приглашают на ужин с инженером и его женой. У него на родине, где-то в Гватемале, или Колумбии, его даже к дому инженера не подпустили бы. А тут ты, инженер, сидишь и с ним разговариваешь, шутишь. Как с равным. А раз так, то ты- ничто сам. Раз на равных — значит, унизился. Вот он к тебе так же, как к тем, с кем он мясо из холодильников разгружает. Не инженер ты, а так, что-то сопливое. Понял, драгоценный мой?

-И поэтому он и прибивает свою Полу потихоньку, чтобы сильно свою вшивую интеллигентность не являла. Точно?

-Дорогой, не перестаю поражаться твоей способности делать вид, что ты умен. И, между прочим, наш Леопольд умывается у тебя на подушке. Наверное, после змеиного супчика. Не беспокоит?

Потом она немного помолчала и, кивнув в сторону входной двери, негромко сказала,

-Брак по расчету.

И не потребовалось объяснения, чей брак она имела в виду.

Везение

Все мы уникальны. Жены подтвердят. Я не спрашивал, ибо знал. Неспособность воспользоваться объездом и попасть домой с первого раза дается не каждому. В подобном случае вечерний обмен приветствиями между супругами сводится к "Выродки! Перегородили дорогу. Не могли сделать, пока я на работе!" и "Выливать борщ на помойку сразу или все-таки попробуешь?"

Надо обладать особым умением, чтобы заблудиться в торговом центре. Конечно, хорошо, что полицейский возит меня по парковке в поисках моей машины. Это не так привлекает внимание, как стояние с отрешенным, а вернее, пришибленным видом перед пустым местом. Моя уверенность в том, что машину уже продали слабеет, когда полицейский подвозит меня к ней, стоящей через два ряда.

Это не то, что я не могу сориентироваться. Просто мои мысли блуждают где-то немного рядом. И все время. Ну да, парковка. Входя в магазин, еще раз оглянулся, вон, вижу, стоит у столба. Выхожу через полчаса. Столб есть. Машина есть. Но не моя. Столбов много и все одинаковые. Дальше все понятно. Голова была занята ускорителями ракеты Falcon-9, нестыковками в фильме "Martian," книгой Эрнеста Ренана "Жизнь Иисуса." А также повестью "Конец вечности," смешанной очередью в трансгендерный туалет, и улыбкой девушки в очереди на кассу. Машина? А, машина…

Особенно ясно это проявляется во время отпуска. Элементарный гуманизм требует, чтобы за год жена отдохнула хотя бы пару недель от 11-ти месячной поденщины. Поденщины, которую какой-то садист назвал семейной жизнью. Поэтому, нормальный мужчина едет один куда-подальше и на две недели. Чтобы жена отдохнула. К жене я отношусь гуманно и постарался уехать, как можно дальше. Чтобы гуманнее было.

После двух заправок и 13 часов езды я подъезжал к месту, где раньше не был. Все части тела, включая зрачки, задеревенели, застыли, и затекли. Двух-полосное шоссе изгибалось через лес. Я заметил небольшую проплешину слева с плакатом "Rest Area." Маленькая парковка была пуста. Было около двух пополудни. Я решил слегка размяться и вырулил на парковку. Прямо от парковки шла деревянная тропа с перилами. Это для тех, кто в инвалидной коляске. Тропа была где-то полмили длиной и шла по кольцу.

Даже слепой мог бы пройти по ней, просто держась за перила. Я перелез через перила. Как, почему? Я же рано утром иду на подъем. У меня в кармане разрешение на восхождение. И я за него заплатил. И после этого ползти по дорожке для инвалидов?

Я прошел шагов ничего и заблудился. Лес был мертвый. Ни одной зеленой ветки. Ни листочка. Сухие, какие-то артритные деревья, ветки которых образуют почти непроходимую щетину. Под ногами мох. Под мхом окаменевшая лава. Подвернуть или сломать лодыжку- как плюнуть.

Ставишь ногу, и ступня вдруг поворачивается в сторону, вниз и еще под углом.

Ни звука. Ощущение полной нереальности. То есть, ни звука означает НИ ЗВУКА. Даже отдаленного шума машин не слышно.

Вначале я понимал, что далеко отойти от тропы с перилами не мог. Но куда я ни шел, везде был все тот же какой-то иссушенный лес и ничего больше. Даже не лес, а питомник сухостоя. На мне кроме беговых шортов были еще кроссовки. В кармане ключи. Все. Ни майки, ни шоколадки, ни компаса, ни воды. Я же вышел просто сделать потягушеньки...

Я перелез через перила в начале третьего. В шесть вечера я все еще ходил по лесу. Около восьми начал надламывать сучья, чтобы не ходить кругами. Стемнело. Похолодало. Я прикрывал ладонями глаза, чтобы в темноте не остаться без них. Не жужжали комары, не летали птицы, по-прежнему, очень тихо.

Около десяти вечера я, наконец, облокотился о какой-то сухостой, чтоб передохнуть. Наступала ночь. Диких зверей здесь не было. До утра я дотяну. А что мне принесет утро, кроме отсутствия воды и жратвы? Надо идти, если можно, в одном направлении. А вдруг что-нибудь проявится…

Вышла луна. В ее свете лес стал немного страшноватым. Я не был уверен, хожу ли я по кругу или круг ходит вокруг меня. Все выглядело так, как будто я бывал уже здесь. Или, вообще, не был. Все те же, высвеченные лунным светом, стволы, изломанные тени, треск сухих веток, мох и лава под ногами. И тут я заметил нечто, чего бы не увидел, если бы не луна. Под ногами четкой тенью высветился отпечаток покрышки. Я так побоялся, что могу этот отпечаток потерять, что, не поворачиваясь, сделал пару шагов назад. Точно, это был отпечаток покрышки. Я практически лег на землю, и, ощупывая выбоины этого отпечатка, пополз по нему. Минут через 20 я был на дороге. Где?

После 8 часов блуждания по лесу я не имел понятия, где я. Никаких маркеров или указателей на дороге не было. Но дорога — это не лес. Куда-нибудь приведет. Я решил идти час в одну сторону. Авось найду что-нибудь. А потом час в другую. Положил штук пять камней на дорогу, как начало, и пошел. Все вокруг выглядело очень по Хичкок-овски. Темный мертвый лес, пустынная извивающаяся дорога. И не души. А, ну да, и полная луна.

За почти 50 минут ходьбы я не увидел ничего, за что можно было бы зацепиться, как ориентир. А потом наступил, наверное, самый тяжелый момент за все это время. Это момент, когда надо остановиться и повернуть обратно. Ну, хоть бы дорога была прямая и я бы видел, что впереди. А так думаешь, ну, может за этим поворотом есть указатель. А может еще 100 метров и заправка, или хоть что-то. Ну, сейчас, как дурак, повернешь, "…а счастье было так близко, так возможно…"

Насильно заставил себя повернуть обратно и протопал до камней на дороге. Пошел в другую сторону. И через полчаса был на маленькой проплешине с плакатом "Rest Area." у кромки леса, где стояла моя машина. Было около часа ночи.

Даже не присосавшись к бутылке с водой, первым делом я открыл карту. И тут мне стало страшно по-настоящему. Этот мертвый лес тянулся на десятки миль И если бы не луна... если бы не отпечаток покрышки...

Еще ни разу не было, чтобы я "скучно" заблудился. То в лес интересный попадешь, то с незабываемыми людьми встретишься, то к истории прикоснешься. И, скорее всего, это не способность потеряться в самолете на пути от туалета к своему месту, а скрытое желание ухода от исхоженных троп. Но это мое желание врачи квалифицируют иначе.

Хотя кто может превратно истолковать желание найти правильную дорогу всего в трех часах езды от Полярного Круга? При условии, что не хочешь его пересечь. Вот я и не хотел. С картой я

не соглашался, GPS не было, как я попал в это -
уже не интересно. Я стоял на обочине и ждал
любую машину, чтобы просветили. Наконец, появился SUV. Он не остановился, и я решил
просто следовать за ним. Что и сделал.

Я оказался прав. Минут через 20 SUV подъехал к небольшому дому. Я остановился где-то в
метрах 10 позади. Из машины вышла молодая
женщина, мельком глянула в мою сторону и
быстро вошла в дом. Я уже решил выйти из машины и объясниться, когда здоровенный монстр,
отдаленно напоминающий бульдога, всадил свою
голову в окно машины.

К счастью, окно было прикрыто. За секунд 15
все стекло заволокло его слюной. Он даже не ры-
чал. Это было злобное дыхание астматика. Его
глаза были на уровне моих. В них не было
злобы. В них было очень сильное чувство го-
лода. Нас разделял листовой алюминий, из которого была сделана дверь.

На пороге дома появилась молодая женщина с
винтовкой М-16. Она не отогнала монстра от

моей машины а, наведя ствол на меня, негромко спросила:

-Какого черта за мной едешь?

Мой ответ, -А я не знаю, куда ехать еще,- ее озадачил. Монстр отошел, но глаз от меня не отвел. Я обьяснял все до тех пор, пока она не закинула винтовку за плечо, ласково улыбнулась монстру, он ей, и позволила мне выйти из машины. Бульдог улегся у переднего колеса. Она, а ее звали Бриджит, пригласила меня в дом.

Мы сидели на кухне и пили чай из удивительных трав. Она- медсестра из Редмонда, что в Орегоне. Живет здесь уже пару лет. Работает по специальности в небольшой деревушке, где, в основном, живут инуиты.

-Сначала было очень трудно. Здесь не понимают, как молодая женщина может жить одна.

Я подумал, что тоже не понимаю.

-И началось. Приезжаю с работы, захожу в дом, на кухню. А там уже мужик сидит. Куртку снял, ботинки в угол кинул, какую-то свою бормотуху тянет. Здоровый лоб. Еле выставила.

-Ну, хоть поняли -то остальные?

Она рассмеялась,

-Вы что? Человек пять свои шансы искали. Но все кончилось, когда Бэби появился.

-Мальчик, девочка?

-Она улыбнулась.

-Мальчик. Еще какой! 75 фунтов одних мышц.

И, глядя на мой ошарашенный вид,

-О. господи! Да я вон того бульдога имею в виду. А вы подумали, что…

Оба рассмеялись. Я не спрашивал, что заставило ее, молодую, и достаточно привлекательную, заехать в эту глушь. Я понимал, что М-16 тоже не для гарнитура здесь. Чай с домашним вареньем, интересный разговор, подробная инструкция, как и куда ехать, и сворачивать. На прощание она подарила мне банку домашнего варенья и целый набор, типа первой мед.

помощи. Когда-то в "Army Surplus Store" я купил здоровенный нож, типа кинжал, в ножнах, все, как надо. В далеких поездках я таскал его на поясе. Он был громоздок и страшен. Покидая гостеприимную кухню Бриджит я, как мне казалось, незаметно оставил его на столе. Когда садился в машину, Бриджит с улыбкой протянула его мне,

-Вы забыли.

-Да нет. Это вам, делать овсянку для Бэби. Чтоб комочки в молоке не попадались.

-Спасибо.

Я проехал почти десять миль, пока вдали справа не начали появляться первые домики этого поселка. Вспомнил, что у дома Бриджит не видел столбов линий электропередач, представил ее дом ночью, зиму длиной в восемь месяцев и подумал, как все-таки здорово сбиваться с пути. Потому что только тогда есть хоть какой-то шанс попасть на правильный.

Глупость

-Вы только что пришли или уже уходите?

Когда такой вопрос задает хозяйка дома, то это намек, что в этот дом вы больше не ходок. Но когда это спрашивают у вас на полянке, с которой начинается выматывающий кишки подъем на невидимую в тумане вершину — это необычно. Вопрос задал велосипедист, что, учитывая нагромождение больших и маленьких валунов вдоль тропки, тоже было необычно. Я-то тащился по этой тропке часа два пока дошел до полянки.

-Да только собираюсь на подъем.

Он хмыкнул,

-Вы не возражаете, если я вам составлю компанию?

-Без проблем. Правда я не быстрый ходок, за велосипедом не угонюсь.

Он рассмеялся,

-Велосипед подождет здесь. Мне нужно минут десять, чтоб собраться. Не напрягает?

-Да нет.

Пока он собирался, я послонялся по полянке, проверил две шоколадки в кармане, не прокисли ли. Одну пришлось съесть, чтобы не прокисла. В остальном я был готов. Мой неожиданный попутчик, Курт, подготовился более основательно. Поскольку вершина была на уровне 14,000 футов, ожидалась некоторая недостача кислорода. У Курта на лице была кислородная маска для высотных полетов, а за спиной баллон с кислородом. И еще небольшой рюкзак, из которого торчал здоровенный широкогорлый термос.

Где-то через полчаса ходьбы Курт снял маску,

-Пока не нужна. Проверил, как работает. Да и не поговоришь иначе.

Я шел, не совсем понимая, почему лучше быть грязным и потным в лунном ландшафте, чем загорелым и свежим в океанской волне. Особо говорить мне не хотелось. Курта это не смущало.

Адвокат из Санта-Круза, он решил немного отдохнуть после завершения дела по финансово-эмоциональному разводу. Садится он в свою Cessna-182 Skylane, летит несколько сот миль, приземляется на маленьком аэродроме маленького городка, где и привязывает свою Cessna, чтобы ее не сдвинуло ветром. Потом садится на велосипед и едет в горы. Не забыв взять с собой кислородное устройство для высотных полетов.

Все мои усилия не заниматься невольным сравнением ни к чему не привели. Во-первых, я не адвокат. И это же и во-вторых, и в-третьих. А велосипед у меня есть тоже. В гараже. Мог бы тоже взять. Не захотел. Брехня! Даже не подумал. Да, и вот еще такая мелочь: Курт точно знал, что он приехал сюда отдохнуть и расслабиться. При всем желании я не смог бы дать аналогичный ответ.

Подъем стал круче и Курт умолк. А потом надвинул на лицо кислородную маску и замаршировал, чуть ли не бегом. Потом вдруг остановился и, слегка сдвинув маску набок,

- Ох, извините. Увлекся. Слишком унесло вперед.

-Да, нет, Курт, все ОК. Я сам хотел предложить вам идти побыстрее. Идите, и на вершине подождите, пока я дотащусь. Если не устанете ждать.

Мы оба рассмеялись и Курт, подхваченный полноценным кислородом из заплечного баллона, унесся вперед и вверх. Какое-то время я видел, как он лавирует между валунами, а потом сосредоточился на мелком щебне под ногами.

 Вскоре мое внимание переключилось со щебня под ногами на ноги. Свои. Я просто ставил одну впереди другой. Как зайчик из рекламы батареек Energizer. Но значительно медленнее. И без барабана. А потом остановился. Ноги ставить было некуда. Я стоял буквально в шаге от уходящей в никуда пропасти. Где-то на горизонте мрачнела горная цепь. А практически прямо подо мной четко и ясно прорисовывались многочисленные вертикальные складки почвы, уходящие вниз на тысячу футов. А может и километров. Не существенно.

Я поднял голову и увидел, что до вершины совсем недалеко. Надо просто превратиться в горного козла и почти по вертикальной стене, состоящей и каких-то слизких валунов, подняться наверх. Потом немного пройти, снова подняться и лечь пластом на этой вершине. О том, чтобы на ней постоять, может, даже поднять флаг, неважно чей, я даже и не думал. Какое-там стоять? Дотянуть бы.

И я начал дотягиваться. Я уцепился за верхний край ближайшего валуна и попробовал подтянуться. Не получилось. Сердце колотилось в соответствии с основным законом физиологии: чем меньше кислорода, тем чаще сердцебиение. Наверное, лишний вес мешает. Я достал последнюю шоколадку и съел ее. Лишний вес превратился в полезный. И снова полез на ближайший валун. И снова сполз вниз. На четвертый раз мне удалось подняться аж на несколько метров. Тут я обнаружил, что данный участок склона имеет почти отрицательный угол подъёма. И что я начинаю соскальзывать вниз. Уцепиться было практически не за что. Все было какое-то слизко-скользкое. Я раскорячился почти до шпагата между двумя небольшими уступами и кое-как замедлил сползание. Небольшие трещинки не могли вместить моих пальцев. Зацепиться за них и подтянуться я не мог.

И тут я вспомнил, что сзади на поясе у меня висит здоровенный кинжал знаменитой испанской фирмы Nieto. Даже себе я не могу объяснить, зачем я его купил, но во все дальние поездки вешал его на пояс. Мешал он дико, но я был уверен, что он прибавляет мне мужественности. Хотя это было не совсем то, что я читал в несколько пристальных взглядах тех, кто этот нож замечали. Я воткнул его в одну из трещин. Он держался. А за него уже держался и я.

Когда я вполз на вершину, а иначе этот процесс не назовешь, Курт уже был там,

-Куда же вы пропали? Ведь вы были не так далеко от меня.

Когда стук моего сердца перестал заглушать вой ветра, и я смог не только вдыхать, но и выдыхать понемногу, мне удалось выдавить,

-А как же вам удалось так легко заскочить по тому (слабый кивок назад) чертовому слизняку? Я едва не сорвался.

Курт молча смотрел на меня. Маску он сдвинул, чтобы говорить,

-Какому слизняку?

Я захлебнулся кашлем негодования,

-Да он тут один. Вон тот отрицательный склон, скользкий, как каток.

-Да не поднимался я по тому склону, вы чего?

Я медленно выпрямился и, стараясь сохранить дыхание,

-А иначе нельзя подняться, Курт. Один подход.

И тут я заметил, что Курт сделал шаг назад. Я увидел, что он как-то странно смотрит на меня. Я слегка опустил взгляд и увидел, что в правой

руке у меня зажат здоровенный кинжал испанской фирмы Nieto.

-О, господи, Курт, да это я использовал, чтобы
не сорваться с того идиотского склона. Извините.

Он улыбнулся,

-Да нет, здесь есть один подход. Нормальный.
Не могу понять, чего вас понесло в сторону. Там
пару лет назад был колоссальный обвал. Там же
пропасть. Ну, вы даете.

А я стоял и смотрел на ту, едва заметную
тропку, которая вела прямо на вершину и по
которой Курт поднялся, почти не снижая темпа.
Он стоял рядом со мной, восхищаясь горной
грядой на горизонте, называя отдельные вершины и рассказывая о своих планах на следующие восхождения.

А я хотел домой. Мне хотелось пить. Меня
дико тошнило. Голова стала треугольной.

-Хотите хлебнуть кислорода?-предложил Курт.

Я отказался.

-Вы слишком быстро поднимались. Без всякой акклиматизации. С уровня моря сразу сюда.

Я это все знал. И даже знал, что наверняка Курт думал, но не сказал вслух: а ведь с виду не дурак!

Посвящается тому, кто в этом

Доченька

Он поставил тарелку на пол у закрытой двери,

-Я тебе покушать принес. Тефтельки еще горячие. Только-что приготовил. Объедение. И пюре. Ты слышишь?

Молчание. Он немного подождал и негромко постучал в дверь,

-Я тебе еду поставил у двери.

-I don't want.

Это как она сказала. А вот это то, чтобы он хотел услышать,

- Пап, спасибо, сейчас не хочется. Попозже, может...

Он прошел в свою комнату и сел в кресло, зная, что вскоре последует. Оно и последовало,

-There is a Japanese restaurant downtown. Next to Starbucks. I want sushi. Go.

71

Это как она сказала. А вот это то, чтобы он хотел услышать,

- Пап, меня на суши потянуло. Если не поздно, может съездишь? Рядом с нами поганое все. В даунтауне хороший ресторан. Возьми на двоих. Хватит и на завтра. Окидоки?

Это приказывала не Салтычиха, не гаремная одалиска или сварливая старая баба из сказки Пушкина. Это была его дочь 16 лет.

Было около десяти вечера. Он спустился в подземный гараж, сел в свою уже хорошо заезженную машину и поехал в даунтаун. Постоял в очереди, заказал еду, подождал, пока приготовят. Потом заплатил за заказ раза в два больше, чем позволил бы для себя, и где-то через час вернулся домой. Из ее комнаты доносились два голоса. Один принадлежал его дочери. Другой-ее подружке. Из-под двери дико тянуло характерным запахом вайпа. Он уже мог различать, когда это "трава," а когда вайп.

-Я привез тебе поесть. Оставляю у двери. Слышишь?

Ответа не последовало. Только какие-то смешки
и хихиканье, характерные для девиц этого воз-
раста. А у двери он начал оставлять еду после
того, как его дочь перестала пускать его в комнату.
Ну, нечего ему там делать. Что надо-скажи через
дверь. Или оставь у двери. И. вообще, shut up and
leave me alone, old asshole. Краткий перевод-"За-
ткнись и отстань!"

Он вернулся в свою комнату, лег на диван, поставил себе на грудь компьютер, включил его, и тут
последовал очередной приказ,

Shut off your door. Now. Nobody wants to see you.
Non-appetizing view.

-Перевод: Дверь закрой. Ты в кресле- неаппетит-
ное зрелище.

Он послушно закрыл дверь. При посторонних она
не визжит ему в лицо. "F..ck you!" Пока еще. И это
хорошо. Уже несколько лет он не хотел при-
знаться себе в том, что дочь его стесняется. Ну

да, у ее сверстниц отцы совсем молодые, меньше сорока. А этому старому пню, то есть ему, уже больше 70. Как дед. В первый раз, когда она ему спокойно, без эмоций, выдала,

-You're an old, fat, f...ing idiot!

Перевод: Ты старый жирный, е...ный идиот,

он хотел вломать ей так, чтобы она точно знала, за что. Но пожалел. Ее. И слегка себя, ибо по законам штата один звонок его дочери в полицию насчет домашнего насилия, и он бы потом еще долго и просыпался, и засыпал на нарах. Дочка это знала. И выдавала это прямым текстом. Так и сказала, мол, вот только тронь.

Его брак распался несколько лет тому. Бывшая уже не только обзавелась новым мужем, но и новым дитем. Почти полностью устранившись от воспитания дочери-подростка, бывшая сосредоточилась на уходе за новорожденной и с экс-супругом общалась только по монетарным вопросам. Ну, типа, ты должен заплатить за…

В квартире было тихо. Тянуло ко сну.

Он полулежал на диване, боролся со сном и ждал, когда подружка дочери соизволит направиться домой. Пора бы уже. Школа-то с утра. Он несколько раз подходил к двери в комнату дочери и с удовлетворением отметил, что тарелку с едой втянули в комнату. Ну и хорошо, ребенок не будет голоден. Жалко, что все, что он приготовил, осталось нетронутым.

Слегка задремал. Сегодня целый день как-то неприятно давило в груди, но простой рецепт-поднять левую руку вверх и так немного подержать-подействовал. Наконец расслабился. Вспомнил путешествие на катамаране с другом по великой реке. Лет 50 назад. А сначала сами спроектировали и построили этот катамаран. Сколько приключений и удовольствия. Отдых настоящий. Тишина. Вода. Свежевыловленная рыба. Ночевки на берегу. Дикий шторм и нереальные молнии. А потом вновь тишина, плеск воды и ощущение здоровья. Когда можешь все.

Начала побаливать поясница. Он слегка поменял положение и боль утихла. Какая-то странная память сегодня, все время подкидывает моменты физического триумфа.

Бегом от Алма-Ата до Медео. 25 километров. И в гору. Добежал, и сразу в сауну. А как здорово было бежать, когда все в тебе работает и тонны горного воздуха заливаются в легкие. И кажется, что так будет всегда.

Слегка скрипнула входная дверь. Или показалось? Он с кряхтением перевалился на бок, тяжело встал с дивана и, шаркая шлепанцами, вышел в коридор. Было тихо. Вроде все нормально. И тут он заметил, что входная дверь неплотно прикрыта. Мозг не утратил способности логически связывать отдельные наблюдения. В ее комнате тихо, дверь в его комнату была закрыта, входная дверь приоткрыта. Значит, ушли, тихо, по-воровски.

Было около полуночи. Куда же они, две несовершеннолетние дуры, намылились? На улицах опасно в такое время даже для мужиков. Наверное, кто-то из дружков заехал. Может еще внизу и не успели уехать. Он спустился в подземный гараж и медленно пошел к своей машине. Машины не было. Не туда пошел спросонья? Да нет, место правильное. Вот здесь он машину оставил, когда вернулся из даунтауна. Где-то час назад.

Угнали? Как? Парковка подземная, ворота с электронным замком. Может припарковался где-то в другом месте? Но, обойдя подземный гараж, убедился, что машины не было. У его дочки водительских прав не было. Подожди, какие права? Ключи от машины, где? Ключи от машины, два экземпляра, были дома, на месте. Дубликаты таких ключей не делают. Не должны. Значит…

Снова противно защемило в груди. Ну, что сейчас, звонить в полицию и, как идиот, слюнявить, что его дочь 16 лет угнала машину своего отца? Куда же их черт понес в ночь? Он быстро набрал телефон дочери. Естественно, телефон был отключен. Было уже около часа ночи. Около трех ночи в дверь резко позвонили. Два раза. Лишь бы не авария, лишь бы не авария, лишь бы…

Дочка быстро вошла, прямиком в свою комнату и закрыла дверь. Его возмущенный монолог фильтровался через закрытую дверь. На все требования открыть дверь следовал стереотипный визг, "Leave me alone, you, f...king idiot!" Текст тот же. Музыка другая.

Он решил проверить машину. Нашел, но не сразу. Не сразу смог ее узнать. Передок был смят, левая и правая сторона были ободраны, точно на машине продирались сквозь заросли колючей проволоки. Внутри обивка кресла водителя ободрана. Такое впечатление, что внутри машины находилось несколько наркоманов в период ломки. А двери не открывались.

Вскоре наступило утро. Он отправил сообщение в школу, что машина разбита и не на чем вести дочь в школу. Школа это извинение не приняла. И это несмотря на то, что до школы от его дома было миль 20. А от дома бывшей жены до той же школы было три квартала пешком. Но как только дочь оказывалась у матери, то тут же набирала телефон отца,

-Забери меня отсюда.

И он ее забирал. Даже если дело было под вечер. Мама считала, что дочь-подросток от первого брака оказывает плохое влияние на дочь-малолетку от второго брака. Так что пусть живет у отца. Она и жила. Отец терпел все то, что ее мать не потерпела бы и минуты. Ну, и чего там жить? Ее там не хотят.

Уже на раз было так, что она возвращалась из школы в дом матери, а ключей от дома ей не давали. Так, на всякий случай. Приходилось ожидать возвращения матери в деревянной постройке чуть больше, чем будка охранника. Постройка стояла в саду. Внутри был нагреватель, кресло и холодильник, набитый бутылками пива. А чего еще хотеть школьнице? Туалет? Не грудничок, потерпишь. Душ? Не с завода пришла, перебьешься.

А у отца все путем. Хочешь-идешь в школу, не хочешь идти- голова болит. Еда-по телефону. Спасибо Гуглу. Выбираешь ресторан подальше и подороже... Чтобы отец меньше над душой торчал. И просто шлешь отцу СМС: хочу то-то и оттуда-то.

И всех делов. И, как доставка пиццы, слышишь, уже в дверь постучал, мол, еда есть. Под дверь поставит и его не видно. Сидит у себя в норе, на компьютере. Или что-то там, как баба , шебуршит на кухне. Готовит борщи, жаркое, рыбу запеченную, какие-то выдумывает салаты, пудинги, окрошки, творожки. Старый идиот. На фиг мне это нужно. Берешь пару бургеров- и вся любовь.

А ему хотелось, чтобы его дочка, которая еще совсем недавно входила в сборную школы по плаванию и хорошо занималась, ела не всякую вонючую гадость на машинном масле, а нормальную еду. Он выкручивал руки своей небольшой пенсии, покупая лучшие продукты и готовя очень вкусные блюда. Но дочка их не ела. Она забросила плаванье, занятия. Все занял вайп. Кто и как ее вовлек в это, он не знал. Но эффект был и на лице, и на всем остальном. Она часто уходила с последнего урока и в небольшой рощице за школой встречалась с такими же. А он сидел в машине у школы и ждал, когда же она подойдет.

Он понимал, что надо как-то поддерживать себя, иначе не дотянет до ее совершеннолетия. Не всегда понимая, а чего он от этого ждет. При возможности ходил в бассейн и около часа плавал, баттерфляем, снова ощущая себя человеком.

Отличный инженер-наладчик, он объездил полмира. Был везде, от Сингапура до Бразилии. И от Аргентины до Канады. Его ценили как специалиста, но не очень любили за резкость высказываний и слабо выраженную способность прогибаться. И если бы кто-либо ему сказал, что он будет покупать в ресторане еду для человека, который всего пару часов назад, визжа, сорвал с него очки и выбросил их из машины, он бы громко рассмеялся. Но ведь никто не сказал, что это может быть его дочь.

Иранец

Минут за 15 до ланча позвонили из автомастерской,

-Машина готова. Можете забирать.

Через неделю я собирался в отпуск и попросил в мастерской проверить все то, что может отвалиться. Оказалось, что отвалиться может многое, и они сказали, что им нужно несколько часов, чтобы все проверить. Я оставил на своем рабочем столе записку в стиле продавщиц из киосков в СССР "Скоро буду."

Я ожидал найти свою машину на парковке у мастерской. Как обычно. Ее там не было. Я заглянул в мастерскую и увидел свою машину. Но не как обычно. Из нее шел пар,

-С чего это вдруг?

Механик неторопливо подошел, открыл капот. Парило оттуда,

- У вас сломался обогреватель. Чтобы его чинить, надо снять всю приборную панель. Это недешево. Мы просто поставили байпас, в обвод обогревателя. Когда захотите- починим. Ехать можно, куда угодно. Только,- он засмеялся,-там, где нет снега.

- Но я туда и собираюсь.

Он пожал плечами,

-Говорите с менеджером.

Когда я сказал менеджеру, что три часа назад ничего не парило, он хмыкнул,

- У всех когда-то что-то в первый раз. Например, свадьба. Или диаррея на свадьбе.

И сам хохотнул над своей шуткой. Мне смешно не было. Я приехал на работу в мрачном настроении.

Моя секретарша Пат это заметила,

-Чего так? Поймал босса в ресторане после ланча? Или он тебя?

Я не хотел углубляться в проблему. К работе никакого отношения. Поэтому ответил с претензией на "…легкость в мыслях необычайную…",

-Да нет. Оказывается, есть люди выше меня ростом. Как жить дальше?

Пат улыбнулась, а я сел за стол и начал думать, так, а как же жить дальше. Ехать я собирался к Happy Valley Goose Bay. Там в это время года лучше быть сытым и согретым, чем голодным и больным. Но долго я не думал, так как работа сегодня требовала не думать, а раздавать задания другим.

Для того, чтобы кто-то делал работу, которую мы временно не хотели делать, набирали контракторов. Все они работали углубленно, и не смотрели на часы. Один выделялся. Звали его Али. Среднего роста, улыбчивый, молчаливый, вежливый, знающий свою работу. Никогда не отвлекался, не болтал по телефону. Все делал вовремя и никому не надоедал. Я принес ему расчет, который он должен был проверить. Общались мы с ним мало. Только по работе. А сегодня он мельком глянул на меня и спросил,

-Что-то не так?

Наверное, я так и не смог до конца смыть с лица разговор в автомастерской,

-Та ничего особенного. Обычные проблемы, знаешь, автомеханики гонят пену.

Али спросил, а я рассказал. Потом он,

-Машина где, у нас на парковке?

- Да.

-Я думаю, 10 минут хватит. Идём, покажешь.

Когда я открыл капот машины, он посмотрел и меньше, чем через 2 минуты выдал,

-У тебя есть три варианта:

1. Получить хорошие деньги.

2. Закрыть навсегда их бизнес.

3. 1 и 2 вместе.

-Али, мне через неделю в отпуск. Не хочу я уже никуда отдавать машину на ремонт. Не рассчитаюсь. А с теми гадами не хочу никаких дел иметь.

Он улыбнулся,

-А никуда и не надо отдавать. Тебе нужен этот обогреватель в машине для отпуска?

-Ну да, я ж тебе говорил.

-Хорошо. Карандаш есть?

- Ручка подойдет?

Ровно через 3 минуты,

-Давай, включай двигатель и включи обогреватель.

Все работало. И Али мне объяснил, что механик специально повредил одну из трубок обогревателя. Просто сплющил ее плоскогубцами. Поэтому и парило. Али всунул ручку в эту сдавленную трубку и снова сделал ее круглой.

- Али, ну, тебе такое спасибо. С меня ростом.

Он засмеялся,

-Да, перестань, есть о чем говорить. Так, мы уже здесь почти 12 минут. Пора в офис.

После работы мы разговорились. Он- бывший командир звена боевых вертолетов армии Ирана.

Еще при шахе. Отец-активный член Иранской компартии. Как-то уживались. После прихода Хомейни-пришлось бежать. Через несколько стран. Жена уехала другим путем, чтобы обоих не перехватили. Несколько лет жил в Южной Америке. Брал самые разные работы. В том числе, и ремонт машин. По образованию-инженер. Перед армией. В конце концов осел в Америке.

Я не расспрашивал, видел, что он не обо всем хочет говорить. А спустя короткое время контракторы завершили работу. Али, как и остальные, должен был уезжать. И, конечно, я удивился, когда в последний день он подошел ко мне и пригласил на ужин к себе домой,

-Я и жена будем очень рады вас видеть. Приходи с женой.

Потом немного помолчал и добавил,

-Там будут только мои два брата с женами.

Снова помолчал,

-У них очень другое отношение ко всему, чем у меня. Они через то все не проходили. Так, что,- он замялся,- пожалуйста, не удивляйся. Они и их жены считают, что то, что сейчас-это свежий ветер над Ираном. Моя жена и я знаем, что это не так. Ну, это так, мелочи. К 8 вечера ждем.

Вечер был хорош. Такого ароматного мяса с овощами я вообще никогда не ел. Вино было какое-то особенное. Потом еще были всякие вкусности. И много. Вначале я держался несколько напряженно. Его братья были моложе, такие же смешливые, очень разговорчивые. Но никаких острых разговоров не было. Уверен, что Али их предупредил.

Моей жене тоже все понравилось. И даже тот факт, что один из братьев начал ухаживать за ней, очень деликатно, только улучшил впечатление от вечера.

Я вспомнил про Али, когда не так давно мой коллега пригласил меня в персидский ресторан,

-Такого мяса ты вообще никогда не ел.

Я вспомнил Али и снисходительно улыбнулся.

- А еще, как закус, они дают пресную лепешку, сырой лук и масло. Вкусно.

Ресторан был незаурядный. Все было в традиционном стиле, на мой вкус немного слишком орнаментально. На стене был большой портрет бывшего шаха. Типа мозаики. Пару фонтанов, не пластиковые стулья, вазы, чаши. В общем, не дешевка. По-моему, мы были единственными не иранцами в тот вечер.

Еда была вкусная, мы расслабились, говорили обо всем. Но тут пошла настоящая восточная музыка и на сцене появилась, встреченная аплодисментами, танцовщица. Мы сидели к сцене боком, так что особенно не вникали. А потом мой коллега сказал, вернее прокричал, перекрикивая музыку,

-Ага, ну, вот оно и пошло.

Покачивая бедрами, танцовщица, легко одетая до пояса, и еще легче ниже пояса, звеня кастаньетами, типа, переходила от столика к столику, стояла и звенела этими монистами, пока не давали деньги. Потом шла дальше.

-А я не дам. С каких дел? Я не видел, что она там танцевала. Мне не нравится такое. Захочу-тогда дам. Пусть стоит и звенит, хоть до утра.

Ну, она стояла и звенела. И достаточно долго и, видимо, раздраженно. Даже не скрывая презрительного взгляда. Я уже готов был сдаться, но мой коллега глянул на меня особым образом, и я не захотел сдаваться.

Танцовщица перешла к соседнему столику. Там сидела семья. И вот это я увидел. Мальчик лет 12 взял деньги у родителей. Там были как бумажные, так и какая-то мелочь. Он спокойно подошел к танцовщице, оттянул пояс ее трусиков-юбочки, заглянул во внутрь, так секунд на 20, и очень пристально. А потом, прямо туда, внутрь этих трусов, высыпал мелочь.

 А вот бумажные деньги он не высыпал. Он их уложил внутрь трусиков. Каждую банкноту по очереди. Похоже, на самое дно. Родители были горды, танцовщица победно улыбалась, все аплодировали.

Я понимаю, что традиции, культура. Я понимаю, что во всем мире в стрип-барах делают тоже самое. Но не могу представить Али, аплодирующего этому мальчику.

Квартира

Мы встретились у входа в квартиру, как и договаривались. Днем. Мы — это я и агент по недвижимости. В квартире было тихо, чисто, пусто, и прохладно. Парковка была почти пустая. Вокруг зеленели холмы. У дома рос эвкалипт. На холмах белели другие квартиры, вернее, кондоминиумы. Под квартирой был гараж, на стене которого рукой ребенка в метре от пола было выведено "Kathlyn like chakalat." Это было изображено белым цветом большими печатными буквами. Агент, извиняющимся тоном,

-Если Вас это раздражает, то …

-Да нет, симпатично. Но я бы хотел еще раз проверить туалет и ванную.

Слив раз пять воду в туалете и убедившись, что все идет вниз, а не вверх, я прошелся по комнатам,

-Я Вас не задерживаю? Просто хочу проверить, чтобы потом...

Это я агенту.

-Да ну, что Вы? Я здесь буду столько, сколько необходимо. Это же моя работа. Так что, все время- Ваше.

Это агент мне. При этом он мельком глянул в свой телефон.

Я приступил к ванной. Наполнил ее водой и начал смотреть, как быстро падает уровень. Уровень упал быстро. Это без пробки. В заткнутой пробкой ванне уровень падал значительно медленнее. Но падал. Агент меня уверил, что это нормально, но если меня это не устраивает, то... Меня устраивало. В конце дня я стал гордым арендатором квартиры в одном из самых безопасных городков страны. Это по официальным данным.

Вскоре после переезда я убедился, что эта квартира обладала целым рядом уникальных свойств, о которых агент по недвижимости в спешке не упомянул. Как, например, отсутствие кондиционера и потолочных вентиляторов. Это особенно чувствовалось с конца апреля до середины декабря. А, ну да, а живу я на широте Каира, что в Египте. Наличие стен никак не влияло на температуру внутри. Она всегда была такая же, как и снаружи.

В конце первой недели после переезда я пару раз просыпался ночью без пульса. Первый раз от того, что со мной рядом кто-то громко храпел и ворочался. Второй раз кто-то тоже совсем рядом мучался скоплением газов. В обеих случаях это оказалось через комнату и за стенкой. Соседи. Где-то через полгода я уже смог бы напеть грудному ребенку за стеной пару куплетов из колыбельной, которой его ночью успокаивали. И на языке оригинала.

Но совершенно особое чувство у меня вызывал пол в квартире. Я не знаю, кто его настилал, но если бы знал, то рекомендовал бы всем. Пол у меня в квартире со звуком. Нет ни одного места в квартире, где, ступив на пол, можно было бы ожидать тишину. Звуки, издаваемые полом, никогда не повторяются. Это не просто скрипение. Нет. Это или скрип-пришептывание, или скрип-подвывание, а иногда даже скрип- кантабиле.

Конечно, некоторые моменты жизни в этой части городка,- а в этой части городка 2600 квартир типа моей,- выпадали из привычного образа. Где-то через три дня после переезда я вышел под вечер на свой балкон и сразу же был приветствован мужчиной, сидящим на пороге дома напротив,

- Hola, Amigo! Тебя когда выпустили?

Я оглянулся, считая, что ко мне это относиться не может. Да нет, смотрели на меня. Ответа на этот вопрос у меня не было, и я приветственно помахал рукой. Но оказалось, что это не все,

- Мы же видели, когда тебя выселяли. Ты же, вроде, тихий. За неуплату?

Я уже собрался пуститься в объяснения, когда увидел, что на траве у ног соседа лежат три пустые пивные банки и в руке он держит

четвертую. Рядом стояла аудио система, которую он временно приглушил. По-моему, это
был последний раз, когда он это сделал. Я еще
раз махнул рукой и расплывчато ответил,

- Разное было.

Он улыбнулся, понимающе кивнул, и вернулся к
пиву.

Прохаживаясь по балкону, я так, мимоходом, кинул несколько беглых взглядов на квартиру, которая была окно в окно с моей. Вот одно окно и
привлекло мое внимание. В стекле была маленькая дырочка. Почти посредине. Спустя пару
месяцев мне скупо объяснили,

-Долги не хотел отдавать. Напомнили. В первый
раз - поверх головы.

 И разговор перешел на другую тему.

Полуофициальный язык в нашем блоке испано-
таиландский. Ни тем, ни другим я не владею.
Поэтому на разговоры на очень повышенных
тонах под окном после полуночи реагировал эмо-
ционально. Другими словами, качал головой.

Укоризненно. И за закрытой дверью. Точно так же я, как и большинство живущих рядом, реагировал на бесконечную и сентиментально-приторную музыку Мариаччи. Никаких ограничений ни по громкости, ни по времени суток не существовало. Можно не иметь учебника по тригонометрии или собрания трудов Лапласа, можно не понимать ни одного слова на государственном языке, можно ездить без водительских прав. Можно почти все. Но не иметь аудио систему? Немыслимо. Вот все и имели. У меня не было.

Когда городок засыпал и основной трафик ненадолго замирал, нам являлось искусство. Настоящее искусство, ибо оно ценилось в децибелах. Ну и что, что уже около 2 ночи? Это же свободная страна, если вы можете себе это позволить. Но высший пилотаж заключался в другом. Уезжают в пятницу за границу на юг, предварительно сделав так, что аудио не умолкает. Приезжают отдохнувшие после 3 дней на исторической родине и, не поверишь, музыка все играет.

Полиция не имеет права взломать дверь и, к одной матери, разнести эту музыку на атомы. Нельзя. Частная собственность. Оставят напоминание или квитанцию штрафа. И все. И тогда у меня, как, наверняка, у многих, возникал вопрос: Ну а почему не взять бейсбольную биту, подойти к владельцу музыки, сидящему в полуспущенных шортах, жующим табак и говорящим по телефону в полуметре от подпрыгивающих динамиков и мирно сказать ему,

-Ты, Вася, пожалуйста, поосторожней, а то мне расплавленное олово за шиворот капает.

 И при этом не прятать бейсбольную биту за спину.

Один из местных мне так сказал об одном из меломанов,

-Ты чего? Он же без пистолета не ходит. Пристрелит.

-Пристрелит? За то, что попрошу сделать музыку тише?

-Да. Он же в таком состоянии, что ему все равно.

-Все равно? Убить, за просто так?

-Собеседник рассмеялся,

-Не за просто так, а за то, что ты его унизил, оскорбил, насмеялся. Короче, плюнул в его мачо. Понял?

Я понял. А потом и увидел, как однажды наш местный меломан спокойно вылил банку пива на машину одной из соседок. За критику. Машина стала липкой, на нее налетела всякая мошкара. Соседка вызвала полицию. Приехали две машины. Последующая сцена была достойна экранизации. Полицейские, четыре человека, побеседовали с меломаном, попросили его (да, попросили, сам видел и слыхал) сделать музыку потише и напомнили о правилах социалистического общежития после 23:00.

Меломан слушал, все воспринимал, и производил впечатление мужского варианта Кающейся Магдалины. Через минут 15 полиция уехала. Порвав на себе майку, — это чтобы в драке нельзя было бы ухватить, - любитель музыкального фольклора вышел на середину парковки и начал орать, повторяя каждое нижеследующее слово по три раза,

-You! F...ng pus...es! Stinking sh..t! F..k you all!, You hear me! F..k you all!

Перевод: вот зачем вы все это сделали? Давайте, ребята, жить мирно!

И когда опять я попытался понять, так почему эту тварь не вяжут, мне просто объяснили, что он платный осведомитель полиции.

-Осведомитель, которого знают все? Это как Джеймс Бонд на костылях. Да и что же здесь "осведомлять"? Кто собачье дерьмо не подобрал?

-Ты, наверное, каждый вечер перед сном стаканами до бессознательного. Ты, что, не слышишь, как всю ночь машины ездят вон к той квартире? Каждые пять минут. Подъедут и через пару минут отъезжают.

-Ну-у, слышу. Ну, ездят. И что с того?

Супружеская пара, живущая за два дома от меня, и которая меня сейчас просвещала, переглянулась,

-Ты что, серьезно? Там же не заправка. За дозой ездят. Наркотики. Сейчас понял?

-Нет, не понял. Если даже вы об этом знаете, и это каждую ночь, и напротив живет стукач, то почему же не накроют?

Супруги синхронно пожали плечами и спросили у меня женат ли Путин.

День на день не походил. Что-то новое я узнавал ежедневно. Ну, к примеру, что если машина не стоит на парковке, а возле гаража, то ее отволокут и надо будет платить, чтобы ее забрать. Умные учатся на чужих ошибках, а я- на своих. Приехал из магазина, оставил машину с мигалками у своего гаража и начал затаскивать мешки с едой к себе в холодильник. После четвертого путешествия от машины на второй этаж присел передохнуть. Минут 15 всего. Вышел на балкон, а машина уже на эвакуаторе. Чтобы ее сняли, пришлось заплатить 150.00 долларов. А вот если бы внимательно прочитал правила проживания в этом комплексе, то...

Все, урок выучил.

Но бывали ситуации, непредусмотренные правилами проживания в комплексе. Скажем так, приезжаю после 12-часовой ночной смены. Моя парковка занята. Сигналю минут 10. Появляется быцюра без шеи и без майки, пузо нараспашку. Вижу впервые.

-Чего трезвонишь?

-Так ваша машина на моей парковке и...

-И что?

-Ну, мне надо парковаться. Переставьте свою машину.

-Тебе надо- переставляйся.

И, уже уходя,

-А если вызовешь эвакуатор-останешься без своей тачки.

Знающие люди мне потом разъяснили, что в соседнем кондоминиуме в гараже сделали подпольный бойцовский клуб. Туда приезжают очень разные и из очень разных мест. Делают большие ставки. И я, мол, сделал очень разумно, припарковав свою машину возле торгового центра, в трех кварталах вниз по улице.

Конечно, все эти события не происходили одно за другим. События — это люди. А люди, соседи то есть, менялись где-то каждый год. Доводивший всех до бешенства своей орущей музыкой, полицейский осведомитель выехал в течение двух дней. Этому предшествовал небольшой конфликт с соседом сверху. После 4-кратного игнорирования 4-кратной просьбы приглушить музыку после 11 вечера, сосед сверху просто всадил 3 выстрела в пол у себя в квартире. У осведомителя-меломана все три выстрела пришлись в холодильник. И, как нашептало. Когда меломан успел выехать-никто не видел. Но 83-летняя полупарализованная мать соседа сверху, наконец, смогла заснуть.

Вскоре укатили студенты, торговавшие наркотиками. Прикрылся нелегальный бойцовский клуб. Перестали пропадать посылки из Амазона. Оказалось, что в мире еще остались нормальные люди.

Как-то необычно получилось у меня с семьей из Эквадора. Они жили в соседнем доме. Дети,- две девочки 8 и 13 лет, - чинно выходили утром и спокойно ждали школьный автобус. Кто-то из них, старшая, наверное, училась играть на кларнете. Все же слышно, как через газету. Я здоровался с родителями, они со мной. Дети смотрели настороженно.

А однажды, под вечер, когда они игрались возле дома, малая упала и подняла рев. Мать начала успокаивать, дитя еще ревет, но потише. Я, как раз, вернулся из магазина и для настроения купил себе коробку хороших конфет. Это помимо еще трех мешков со здоровой, но невкусной пищей. И, как-то без всяких мыслей, я просто взял коробку конфет и подошел к ним.

Поздоровались. Малая еще хлюпала носом, но уже пореже. Мама улыбнулась.

-Вы не возражаете, если я ей дам эти конфеты? Она эти ест?

-Спасибо. Еще как!

Мы оба рассмеялись. Я передал маме конфеты, сделал смешную рожицу дочке и ушел к себе в гараж, разгружаться. Ничего, в принципе, не произошло. Мы также продолжали здороваться. Прошло несколько месяцев. В один из дней я увидел, что они начинают паковаться. И где-то через неделю отец семейства подошел ко мне.

-Здравствуйте.

-Здравствуйте. Вы чего, переезжаете?

-Да. В квартире обнаружилась плесень и вроде у младшей появились признаки астмы. Так что, вот такие дела.

-Плесень? Ничего себе. М-да.

-Извините, а вы бы не могли зайти к нам на ми-нутку. А то мы уже погрузились и это все.

-Да, конечно.

Я зашел. Квартира была практически пустая. Мама еще подбирала какие-то пакеты, девочки слонялись по комнатам. Я пожелал им удачи, настроения, словом, шаблонный набор ничего не значащих слов. И тут старшая девочка подошла ко мне, обхватила обеими руками и начала тихонько плакать, при этом что-то говоря на своем языке. Младшая уткнулась мне в колени и начала реветь.

Сказать, что я был обескуражен - ничего не сказать. Я глянул на отца. Он улыбнулся и ушел в другую комнату. Я думал, что их мама как-то успокоит девочек. Она отвернулась к окну, а потом быстро вышла в другую комнату вслед за мужем. Я чего-то начал бормотать, но отец что-то громко сказал и девочки отошли. И, не оглядываясь, ушли к отцу в другую комнату.

Считается, что основные принципы при аренде или покупке недвижимости это-Location, Location, Location. Я думаю, что есть только один принцип. Этот принцип -Никогда Не Знаешь.

Особенно, если переезжаешь в самый спокойный городок страны. Это по официальным данным.

.

Остальное- не важно

Ошибаются те, кто считает, что нами управляет мозг. Нами управляет желудок. Пустое брюхо к науке глухо. Это про науку. Путь к сердцу мужчины лежит через желудок. Это о браке. Не ложись спать на полный желудок. Это о здоровье. Народ всегда прав. Мозг в обычной жизни не участвует. Так, иногда и, в основном, не вовремя. Типа, а где были мои глаза? через 3 часа после свадьбы.

То же самое во всех остальных сферах. Управляет министерством не министр, а его секретарша. Заводом управляет не директор, а начальник первого отдела. Ну а монтажом энергоблока управляет не начальник стройуправления, а председатель профкома. Ибо он ставит на очередь на квартиру, на телефон, выдает путевку на август, а не на середину февраля, и также распределяет дефицитные билеты. Поэтому, когда ко мне, еще мокрому за ушами инженеру, но уже "зимующем" на монтаже более 11 месяцев подошел местный профсоюзный босс, я удивился. Обычно идут к ним,

-Мне доложили, что твой начальник тобой доволен.

Для меня это прозвучало так же, как похвала раввину от Далай Ламы. Другими словами, фальшиво до рези. Когда такое говорят, то что-то хотят. Обычно, неприятное. И, самое странное, я к профсоюзу не имел никакого отношения. Поэтому и вел себя слегка нагловато,

-Рад стараться!

Он отреагировал в соответствии с занимаемой должностью,

— Это хорошо.

И без паузы,

-Танцы любишь?

Значит так, дело происходит на строительной площадке в 9 метрах над землей, за два часа до шабаша и за три месяца до конца монтажа. Это по поводу уместности вопроса. Я всмотрелся в профсоюзного дельца, ожидая подвоха. С монтажниками надо все время быть начеку. Могут "раскрутить" за минуту и сделать знаменитым надолго.

Сам слыхал, как одному новичку бригадир сердито указал пойти в котельную, набрать ведро энтропии[1], свежей, но без стружки, и отнести в кабинет начальника участка. Мол, Москва на проводе и требует образец. Пикантность последующих событий была в том, что новичок был молодой инженер, который знал все про энтропию, но, тем не менее, пошел к столовой, набрал ведро отбросов и принес в кабинет начальника участка. С запиской, что мол, бригадир прислал для разговора с Москвой. На войне, как на войне.

Так как я не нашел, что ответить, профбосс,

-Не понял, ты танцы любишь, или нет?

-Ну-у, вообще-то, смотря что. Где? Когда? А с кем? И с чего вдруг такой интерес?

-У меня билеты на завтра пропадают. Никто не берет. А надо распространить.

-Что за танцы?

-Так вот то-то и оно. Если бы танцы. А то вломили мне балет. Выручай. Два билета. Со скидкой. Но на завтра. Дадут отгул на полдня. В городе балет.

-Ну-у, раз отгул-тогда давай. Деньги потом отдам. При себе два рубля.

Классик сказал, что такой звук издает лошадь, когда с нее снимают седло. Вот так ему легче стало. Я сунул билеты и какую-то программку в карман. Рассмотрел утром, когда стоял в очереди за конфетами "Ромашка" в местном продмаге перед работой. А когда рассмотрел, то выскочил из очереди и успел крикнуть в отходящий на объект автобус с монтажниками, что беру отгул на два дня.

Потом, не без приключений добрался до главного аэропорта республиканской столицы и через полтора часа полета и получаса в троллейбусе стоял у главного входа в институт, где училась она. Она это та, которая бывает раз в жизни.

Занятия окончились почти через три часа. Я ждал, сидя на бордюре. Не могу сказать, что все ее существо осветилось тихой радостью при виде меня,

-Ты сейчас похож на Васисуалия Лоханкина. Еще бы в одеяло завернулся. Так что произошло? Меня же завтра все наши девы будут пытать, за что тебя посадили и когда выпустили. Вот такой у тебя вид. Что случилось, серьезно?

Я молча подал ей программку. Через 35 секунд,

-Господи! Это что, действительно? Где?

Я также молча показал ей два билета. На глазах толпы она на мгновение прижалась ко мне своей "под- Битлз" подстриженной головкой,

-Ты чудо. Но и ты чуня! Как же мы…?

Я медленно, с достоинством вытащил из кармана своей затертой летной куртки (занял для форса) краешек авиабилета. Я думал, что она еще раз прижмется ко меня на глазах всей толпы. Хоть на мгновение. Ошибся. Она, по-деловому,

-Вылет когда? Давай, бери тачку, у меня немного есть с собой. Должно хватить. Да, подожди минутку, я сейчас.

Через 20 минут, она,

-Все, попросила подружку , чтобы моим сказала, что я с тобой и могу задержаться. Чего улыбаешься? Задержаться — это не залежаться. Завтра практика по Строймеханике, нельзя пропускать. Ч-черт! Ну, ладно.

До вылета было еще часа два. Аэропорт был небольшой, делать там было абсолютно нечего. Мы сидели на лавке у забора, через который просматривалось летное поле и смаковали предстоящее. А смаковать было что. В страну впервые и ненадолго приезжал с гастролями Американский Театр Танца Элвина Эйли. Такого у нас еще не видели, да и не слыхали тоже. И у нас есть два билета. Что это в действительности означало мы поняли, когда оказались у входа в гигантский концертный зал. Конечно, у меня была с собой спортивная сумка и я переоделся после перелета. Как ей удалось выглядеть свежей и элегантной- непосвященному не понять. Думаю, что то, что ей только исполнилось 20, не помешало.

До того, как поднялся занавес, все было предсказуемо. Толпы там, снаружи, толпы здесь, внутри, в фойе. А когда занавес поднялся, то мы очутились в другом мире. Нельзя сказать, что так уж и все было в новинку. Мы слыхали спиричуэлс и до этого, но так, не конкретно. Видели даже элементы атлетизма в нашем балете. А вот такую комбинацию атлетического и классического балета под такую музыку-впервые. Про танцоров, а вернее сказать, актеров, я не говорю. Такую музыку могли бы сложить только такие актеры. Думаю, что точнее будет- эта музыка сложила их. Эффект поразительный.

Все было здорово поставлено. Это был, в общем-то, авангард, но не типа писсуара на стене. Или 20 орущих радиоприемников, настроенных на разные станции. Это был, как мне кажется, уникальный синтез настоящего таланта, фантазии, и профессионализма.

По дороге от концертного зала в аэропорт республиканской столицы мы восторженно обсуждали детали. С покупкой билетов на рейс обратно проблем не было. Ну, кто будет лететь последним рейсом из местной столицы в наш город? И через полтора часа полета, 20 минут на такси, 16 этажей в лифте до ее квартиры и поспешного прощания у полуоткрытых дверей, я проделал обратный путь до нашего маленького аэровокзала. До первого утреннего рейса была еще долго ждать.

В аэровокзале было абсолютно нечего делать. Я уселся на лавочке возле забора, через который слегка просматривалось летное поле со множеством огней. Проблем с покупкой билета на обратный полет не было. Вот на этой лавке мы сидели всего несколько часов назад и смаковали предстоящее. А я сейчас вспоминал прошедшее. Совсем недавно.

Через полтора часа полета, три часа в раздолбанном ПАЗике до поселка и получаса езды до монтажной площадки, я появился в нашем вагончике. На меня сразу нахлобучили пару срочных заданий, мельком спросив,

-Ну, как, захомутал хоть одну балерину?

Я, почти честно,

-Большинство мужчины.

И сразу же получил,

-И, чтобы это понять надо было брать отгул на два дня? Что ты себе думал?

А я, перелезая через многочисленные трубы, натыкаясь на фундаментные опоры, затыкая уши от свиста пневматических шаберов[2] и обходя падающие со всех сторон снопы искр электросварки, думал совсем о другом. Во-первых, как дожить еще две с половиной недели до зарплаты. И во-вторых, что вот эти два дня было не до еды. И, скорее всего, нами управляет даже не желудок, а что-то такое, чему нет названия. А просто есть ощущение. Ощущение счастья.

[1] Энтропия – это мера хаоса в какой-либо системе. . Чем меньше в системе порядка, тем больше энтропия. Принести ведро энтропии имеет такой же смысл, как выражение "23% беременная."

[2] С целью высокоточной подгонки деталей изделий в слесарном деле используется весьма трудоёмкая технологическая операция — шабрение. Она производится при помощи специального инструмента-шабера, который, в зависимости от сложности и особенности детали, может иметь различную форму, конструкцию и размер. В пневматическом шабере используется сжатый воздух.

Заслуженный отдых

Роберт Бенчли когда-то заметил, что в Америке есть два типа путешествий: или первым классом, или с детьми. Я думаю, что это утверждение носит более универсальный характер: можно просто путешествовать. А можно с детьми. Ну, вот так, навскидку, для примера.

Акт 1

Место действия-11 часовых поясов от Лос- Анжелеса в восточном направлении. На той же широте, что и городок Келоуна в Британской Колумбии.

Время действия-конец 20 века. Август.

Первый акт происходит в плацкартном вагоне. Нас трое. Я один, а их двое. Их совместный возраст 14 лет. На нас троих два места. Вагон переполнен. Первым делом они,-а это двое моих сыновей,-сбросили на пол откуда-то сверху два пыльных матраса, шваркнули меня по голове

118

пыльной подушкой и улеглись на место матрацев. Это поезд еще не тронулся.

-Куда вас занесло? Там же такая грязюка!

Понятно, кто это сказал.

-А нас здесь нет. Найди нас! (хихиканье на два голоса, с чиханьем).

Тоже понятно.

-Я ситро "Буратино" хочу. А мне в туалет. И по-большому и два раза по-маленькому. (Это что-то новое.)

-Давайте, спускайтесь. Сейчас проводник придет.

И совершенно логичный ответ,

-Ну и шо?

Ответить нечего. Едем на юг, на море. Куда и все. Что может быть лучше, чем двухнедельный оплачиваемый отпуск с детьми? Ответ: практически все.

Быстро стемнело. Где-то через час заглянул наверх, в отделение для матрацев. Нет детей.

Прошелся по вагону, осторожно обходя свисающие с верхних полок ноги в носках и без них и стараясь не задеть торчащие в проходах головы спящих. Нет детей. Спрашивать неудобно да и не у кого. Поезд еще нигде не останавливался, на ходу они соскочить не могли (хотелось бы верить), значит, надо прошерстить по вагонам.

Прошелся из конца в конец по всем плацкартным и общим вагонам два раза, заглянул в каждый туалет. Осталось только две возможности: четыре купейных вагона и электровоз. В третьем купейном вагоне обнаружил их, мирно сидящих на откидных сиденьях в коридоре у открытого окна.

-Если деревья бегут назад, значит, мы едем вперед.

Это старший младшему (разница в два года.)

-А если деревья бегут вперед, и мы едем вперед?

— Значит, ты дурак.

И тут они замечают меня. Старший, нахватавший мудрости во дворе 5-этажки, громко командует,

-Шухер!

К счастью, в коридоре никого нет. Младший не знает термина, но ориентируется на интонацию.

Оба, смешно хрюкая, рванули с места и исчезли в конце вагона. Я не особо обеспокоился, так как впереди был только один вагон и электровоз. Я так до сих пор и не знаю, чего я не учел, но в следующем вагоне их не было. Дверь к электровозу была наглухо закрыта. Когда минут через 20 я вернулся на свое место, то они оба уже мирно посапывали на аккуратно расстеленной постели (ведь могут, когда хотят) на нижней полке. Мне была оставлена верхняя полка с пыльной подушкой, свернутым матрасом и небрежно брошенным поверх него каким-то серым и слегка мокрым постельным бельем. А, ну да, и на столике стояло три пустых стакана в фирменных подстаканниках и лежало десять пустых оберток из-под сахарарафинада. Каждая обертка была сложена в фантик. Пожилая семейная пара занимала две соседние полки. Не похоже, что это они умяли 10 пакетиков рафинада и сложили фантики.

С момента пробуждения и до момента прибытия на конечную станцию я видел своих сыновей два раза. Первый раз -на перроне какой-то маленькой станции, где они пробовали черешни у одной из вокзальных торговок. Когда я вышел на перрон, то торговки были, а детей моих там уже не было. А второй раз я увидел их, когда за 10 минут до прибытия они с радостью объявили мне, что туалеты все закрыты и что им очень надо. И что я, папа, собираюсь по этому поводу делать? Очень к месту я вспомнил, что некоторые животные съедают свое потомство.

Акт 2.

Второй акт происходит в магазине игрушек в центре известного курортного города. Нас трое. Я и их двое. Протолкнуться к прилавку невозможно. Толкающиеся и орущие дети в три ряда навалились на прилавок. Ошалевшие от духоты и от цен родители, или то, что от них осталось, сбились в жалкую кучку в центре. Феномен, который больше не видел нигде- взъерошенный лысый отец и сидящую на его плечах дочку. Дочка, которой лет 5, перекрикивая толпу, что-то властно требует от продавщицы.

Мой младший стоит рядом со мной. И не потому, что он меня так любит, а потому, что не смог пробиться к прилавку. Раздвигая толпу, как Моисей воды Красного моря, появляется старший,

-Пап, купи!

-Купи что?

-Вон ту машинку, -и указывает куда-то под потолок. Я смотрю и не вижу машинку.

-Где эта машинка? Не вижу. Да и у тебя этих машинок уже два мешка в погребе.

- Да вон там, в углу, видишь?

Увидел. Это был карьерный БелАз где-то в четверть натуральной величины. Назвать ЭТО машинкой мог только человек с очень британским чувством юмора. Даже на расстоянии было видно, что ЭТО грубо сварено из кровельного железа и покрашено с завязанными глазами. И это был тот случай, когда размер определяет цену.

-Нет, это я не буду покупать. И дорого (кого это волнует?), и на пляж не взять. Лучше я вам обоим куплю по две порции сарделек.

-Па-а-а-ап, ну ку-у-у-у-пииии... Ни у кого такой нет (как он был прав!).

-Нет. Некуда это девать. Монстр какой-то.

И тут следует главный козырь,

-Пап, я буду сам его возить. Только купи.

Козырь потому и главный, что не заезженный. Мой старший сын воспользовался им впервые. Обдирая ноги тем, кто не успел отскочить, острыми углами карьерного самосвала, старший гордо вытянул его из магазина. Потом приказал младшему сесть в кузов и принялся толкать его по сразу опустевшему тротуару.

Я делал вид, что ко мне это отношения не имеет. Но не очень успешно, ибо младший в восторге кричал из кузова, обращаясь ко мне,

-Пап, смотри, он едет!

Должен заметить, что все дети в магазине смолкли, когда две продавщицы сняли машинку с полки и поставили на пол перед гордым владельцем.

Дорога к тому месту, где мы жили, шла в гору. Старший перестал толкать грузовик и, бормоча что-то очень нелестное в мой адрес, быстро пошел вперед.

-Эй, а как же машинка?

-Она не едет в-гору.

-Так ты же сказал, что будешь сам его возить.

-Она не едет в-гору. Я вез, а теперь пусть он (кивок на младшего) везет. Ему легче. Я же не сажусь в кузов.

Естественно, карьерный самосвал до дома дотянул я. Жили мы в саду, где нам хозяин поставил две раскладушки. В доме мест не было, но платил я, как за комнату. В виде знака милосердия хозяин выделил мне дополнительную простыню, которой я ночью обвязывал пацанов, спящих на одной раскладушке, чтобы их не сдуло ветром. Ночью с гор на город падает сильный ветер. Пацаны были поджарые, как барабульки, и ночной ветер легко сдвигал их к краю раскладушки.

Карьерный самосвал простоял рядом с нашими раскладушками до конца отпуска. Под раскладушкой он не помещался. А когда мы уезжали, я тайком его поставил за дворовым туалетом. Вдруг пригодится.

Акт 3.

Действие происходит на вечно переполненном пляже известного курортного города. В дополнение к полумиллиону людей на берегу и полумиллиону людей рядом с берегом-еще нас трое. Два часа дня. Выше температура уже вряд ли поднимется. Вся наличная кожа уже слезла. Пора что-то съесть. Собираемся уходить с пляжа.

Ждут только меня, так как никак не могу найти свои шлепанцы.

-Пап, мы пошли к столовой, а ты нас догонишь. Мы очередь займем.

Звучит подозрительно гуманно. С чего бы это? И тут-как солнце из-за туч-вспоминаю, что утром старший пацан игрался с моими шлепанцами.

-Где мои шлепанцы?

-Не знаю.

-Ты же игрался с ними утром.

-Ну и шо?

-Где они?

-А я их спрятал.

-Прекрасно. Иди ищи.

-А я забыл, где.

-А как же я пойду по камням и колючкам? Да и асфальт раскаленный.

-(В два голоса и с глубоким убеждением)-А ты же папа!

Стараясь не касаться ногами раскаленных камней и предпочитая становиться на колючки, иду к столовке. Из чувства солидарности пацаны рядом. Старший идет чуть впереди и негромко ругает меня,

-Плохой папа. Нехороший папа. Папа кака .

Идущий параллельным курсом мужчина,

-Ну что же ты, мальчик, так своему папе говоришь? Папа кака. Нехорошо.

Мгновенная реакция,

-Плохой ты дядька, злой ты. Вот возьму и тебе ножиком голову отрежу. И отдам на съедение собакам.

Мужчина ускорился, обогнал нас на подъёме и свернул в первый же проезд.

В столовку стояла очередь. Хвост очереди уходил за угол. Мы выстояли. Потом выстояли очередь уже внутри столовой. Многие из очереди сбегали к морю, освежались и снова в очередь. Наконец мы достоялись. На нас троих два подноса. К счастью, освободился столик, и мы уселись. Но не все,

-Чего ты не садишься?

-Не хочу. Мальчик нагрел стульчик. Жарко сидеть.

-Ну, садись на мой.

-Не буду. И кушать не буду. Жарко.

Действительно, было очень жарко. Но дома под раскладушками жратвы не было. Надо было поесть сейчас.

-Куда же ты уходишь?

-Не хочу здесь сидеть.

И он вышел. Мы с младшим наскоро поели и вышли на улицу. Старшего пацана нет. Идем в - гору домой. Дома нет. Уже один иду на пляж. Там людей еще больше, ибо жара начинает понемногу спадать. Где искать? Постоял, посмотрел на море, пошел обратно к столовой. И там нет. А когда выходил из столовой, кто-то сзади негромко,

-Пап, кушать хочу.

И я точно понял, что обращаются ко мне.

Заключительный Акт.

Происходит в плацкартном вагоне того же поезда, что привез нас две недели тому назад. Стоим в тамбуре у слегка приоткрытой двери. Спасаемся от духоты. Проходит женщина, смотрит на пацанов.

-Слушайте, где же ваши дети так загорели? Их же на рекламу можно.

Я не успел ответить, как старший сын,

-В очереди в столовую.

А потом он посмотрел на младшего, и они оба хихикнули. Я покровительственно улыбнулся. Мы ехали домой. Им скоро в школу. А мне на работу. На заслуженный отдых.

-

.

Паранойя

Приборчик был маленький, светленький, легенький. Небольшой экранчик мягко светился голубовато-зеленым. Приборчик измерял радиацию. Я его впервые опробовал во время перелета с восточного побережья страны на западное. Никакой необходимости включать его во время полета не было, если бы не пассажирка, сидевшая рядом. По внешности она точно соответствовала рекламному образу стюардессы: молодая, симпатичная, приветливая, с легкой улыбкой и без обручального кольца. Молча просидеть шесть часов в таком соседстве-преступление.

-Извините, но вы так похожи на рекламную стюардессу, что…

-А я и есть стюардесса. Лечу из отпуска к своему вылету. Сегодня вечером.

На это я не нашел, что сказать. Она улыбнулась и углубилась в книгу. Я заметил, что это

American Alpine Journal. В общем-то, журнал для альпинистов. Поскольку мой опыт горных восхождений может быть спокойно внесен в раздел "Для самых маленьких, " я вежливо улыбнулся и уставился в иллюминатор. Хотел задремать, но тут начали разносить еду. Я получил свою порцию и занялся ее разворачиванием. Пластиковая обертка не хотела разрываться. Я уже собрался пустить в ход зубы, чтобы надкусить обертку, когда моя соседка,

-Зубами?? Смотрите, вот здесь потяните и все легко слезет. Нам это на курсах показывали.

-Спасибо. Не туда я ходил учиться. И не тому.

Мы оба рассмеялись и каждый углубился в свою еду.

Уже давно известно, что ничего романтического в работе стюардессы нет. Было время, когда набирали только юных и привлекательных. Некоторые авиалинии даже наряжали своих стюардесс в мини-юбки, призывные блузки, и шпильки. Всегда хорошо смотрелись лихо сдвинутые набекрень пилотки. Но потом ажиотаж улегся, консерватизм в униформе и манерах восторжествовал. И в последнее время все чаще можно встретить стюардесс, близко соответствующих либо образу учительниц старших классов, либо жен теле-евангелистов.

Я обратил внимание, что моя соседка знакома с некоторыми стюардессами нашего рейса. Короткие реплики, смешки. Но, в основном, она читала Alpine Journal. Уткнуться в экран перед собой мне не хотелось. Чтобы себя развлечь, я достал из сумки приборчик для измерения радиации и включил его. Он где-то минуту приходит в себя, а потом начинает показывать то, что умеет.

— Это такой телефончик у Вас маленький?

Такую возможность упустить я просто не имел права,

-Да нет. Это дозиметр. Радиацию меряет.

-Серьезно?

-Ага.

Она прикрыла журнал,

-А что, у нас здесь что-то щелкает?

Мне очень понравилось это "щелкает." Так и представил, как внутри счетчика радиации сидит белочка и щелкает орешки.

…Белка песенки поет

И орешки все грызет;

А орешки не простые…

-Ну-у, смотрите сами. Нормальный, так сказать, фон должен быть таким. А у нас, здесь, где-то раза в три выше. Что, учитывая близость к Солнцу, вполне ожидаемо. Вообще, нет проблем.

-А можно посмотреть?

-Конечно. Но Вы должны учитывать, что приборчик реагирует не только на бета излучение.

-А на что еще?

- А на то, кто им в данный момент пользуется. Вот Вам он покажет все занижено и все

нормально. Можете винить в этом свою внешность. А мне вот...

-Ага, вам- правду. И ничего, кроме правды. Это,
я понимаю, за Вашу внешность.

-Спасибо. Делать комплименты Вы научились на
курсах тоже?

Воспринято было приятно.

Я ей рассказал о радиации то очень немногое,
что по работе мне требовалось знать. Потом без
усилий переключился на жизнь Поля Сезанна и,
чтобы полностью доказать свою независимость
суждений, сказал, что понимаю его очень немного. На что она, посмеявшись, сказала, что ее
это не удивляет.

-Ну, а это почему? - спросил я, почти обидев-
шись.

-Понимаете, Вы с такой страстью рассказывали о
разнице между гамма-лучами и рентгеновскими,
что я просто не представляю, что вообще какие-то эмоции могут остаться на что-либо другое.

Ну-у...в общем-то, я бы...если бы Вы...тогда...

Я сделал задумчивое лицо, посмотрел на нее, и мы снова рассмеялись.

Незадолго до посадки она вполголоса поговорила с одной из стюардесс и, спустя минут 10, протянула мне маленькую бутылочку, слегка приподняла свою такую же и,

-Спасибо за нетривиальность. Редко бывает.

Дома навалилась нескучная ежедневка и про дозиметр я забыл. Но ненадолго. В очередной, 10,000, раз отправляясь бегать-ходить вдоль и поперек исхоженных каньонов, я от скуки взял с собой дозиметр. Скука быстро прошла, когда я обнаружил, что невинная поросль кактуса фонит в несколько раз сильнее, чем окружающие 50 метров скалистого подъёма.

Мне стало интересно, и я стал сканировать почти все, что мелькало по сторонам тропы. Результаты были обнадеживающие. Повышенный фон был не везде, но там, где он был, людей не было. Ну, например, под камнем, куда нырнула ящерица. Или по верхнему ряду ржавой колючей проволоки, которая зачем-то огораживала вход во временный туалет.

Я начал брать дозиметр повсюду. Конечно же, я не говорил семьям, уплетающим пиццу на пляже в тени нависшего утеса, что утес слегка щелкает. Как и здоровенный комок коричневатых водорослей, лениво плескающихся в прибое. Это все равно, как во всеуслышание объявить, что солнечный загар — это результат солнечной радиации. Ибо у этого термина, радиация, нет положительного общественного имиджа. Хотя некоторые положительные аспекты я наблюдал сам.

Когда годы тому, через месяц после известной на весь мир катастрофы на атомной электростанции я на местном базаре купил ведро потрясающих по вкусу помидоров, меня удивило их количество. В ведре их было пять. Каждый размером с небольшую дыньку. Как мне объяснил продавец,

-Та то радиация. Поубивала всех жучков. Вот такие и доспели.

Не отличаясь глубоким психологическим чутьем, я однажды стоял у своего жилья с этим милым приборчиком. Так просто. Проходившие мимо милые соседи вежливо поинтересовались,

— Это такой телефончик у Вас маленький?

Я улыбнулся, потому что они слово в слово повторили вопрос моей симпатичной спутницы в самолете. Услыхав мое объяснение, они извинились и перешли на свой язык. Это был явно немецкий, так как насколько я знаю в испанском нет слова " Яволь." А потом, очень вежливо,

-Вас не затруднит, если Вы проверите наш дом на радиацию?

-Честно говоря, мне бы не хотелось. Я не специалист и то, что я намеряю, может быть неправильно истолковано. А может я и не то намеряю. Знаете, лишнюю панику не хотелось бы поднимать.

Супруги меня в два голоса уверили, что они не паникеры, тем более не параноики. Раза три даже ходили на пляж в районе атомной электростанции. Просто хотелось бы в виде чисто научного эксперимента, ну, вы же книги читаете, интеллигент.

Сколько раз меня жизнь била за то, что так и не научился говорить НЕТ.

Договорились через день, под вечер. До этого я у них дома не был. Когда зашел, то сразу почувствовал, что не надо было. Все три шкафа плюс сервант в главной комнате были открыты. На столе аккуратными стопками стояли тарелки, стаканы, бокалы, зверушки из фарфора, какие-то чайнички, кружечки. В общем, музей саксонского фарфора.

На диване лежали в аккуратных грудках куртки-отдельно, пиджаки-отдельно, шесть открытых коробок с женской обувью. Но венцом всего этого была хозяйка, милая женщина, которая подошла ко мне со здоровенным, хмурым котом, слегка похожим на леопарда на диете, и сказала,

-Пожалуйста, начните с Руперта. Он же все время с нами и даже спит в ногах.

Руперт проявил нордический характер, проигнорировав меня, как настоящий ариец. Он был чист. По-моему, дозиметр показал, что рядом с ним уровень радиации был даже ниже фонового. А вот с посудой началось кино. Почти все, так называемые, местные тарелки, которые были коричневато-оранжевого цвета, показывали увеличенный уровень. Я-то знал, что многие изделия со стороны нашего южного соседа были изготовлены из глины, которая немного щелкала. Хозяева, которые не отрываясь следили за маленьким голубовато-зеленым экраном, действовали быстро и решительно. Как и полагается потомкам Лоэнгрина и Брунхильды.

Все подозрительные тарелки и чашки пошли в мешок. Судя по тому, как их туда кидали, то о продаже речь не шла. Кое-кто из фарфоровых зверушек также не прошли фейс-контроль. В мешок. Несколько затянулась процедура с настенными часами с маятником. Цифры конечно же светились в сумраке и, потому, в присутствии часов маленький белый приборчик сказал свое Фэ.

Часы были память о гроссмутер и на мешок не тянули. Мне кажется, что супруги решили подарить их племяннику. Как память о бабушке.

Я думал, что уже все, наконец. Одежда была чистая. Но хозяйка, милая женщина, подвела меня к холодильнику, открыла его и просительно,

-А здесь все в порядке?

Если бы ее муж, которому я, как идиот, показал куда и на что смотреть, не глядел бы мне через плечо, то я бы сказал, что все в порядке. А потом пошел бы домой, взял молоток и разбил бы маленький легкий приборчик. А так они выбросили пакет соевого молока, три яйца, пакет морковки и банку марокканских сардин.

Меня сердечно поблагодарили, угостили бокалом чудесного *Гумпельдскирхена* (от пива я отказался. Чего дешевиться?) и довели почти до порога моего жилища.

Я, естественно, просил их не говорить об этом сканировании. Мне божились, что нет, не будут. Но когда четыре дня тому, сосед напротив прокричал (это чтобы 6 футов было), не смог ли бы я проверить медицинские маски, которые прибыли из Китая. А так как там не очень давно была Фукусима, может там что-то осталось от радиации. Мол, он положит их, маски, у меня на пороге, карантин ведь, а потом я ему скажу, что и как.

Я хотел сказать, что Фукусима-это Япония, Катманду-Непал, а Домик в Коломне написал А. С. Пушкин. А потом понял, что все это заслужил.

На пленэре

Наш пляж не широкий, но длинный. Очень длинный. Купаться можно не везде. Купаться — это значит зайти на метр ниже пояса, подождать, пока накатит волна, нырнуть под нее. Повторять, пока не посинеешь. Обычно, минут 15.

Выходить из воды надо медленно, с достоинством. Если умеешь - вразвалочку. Потом постоять на кромке прибоя, но недолго, - ибо уже начинаешь коченеть,- задумчиво глядя в океанскую даль. И неторопливо пройтись по щиколотку в воде в сторону противоположную от вашей подстилки. Это если вы себя уважаете и при этом на пляже находятся хотя бы двое. Считая с вами.

Абсолютный faux pas — оглядываться на наворачивающуюся над вами многотонную смесь из гальки, каких-то ошметков и холодной воды. А если еще и убегать от всего этого - то плавать надо в бассейне. Хотя говорят, что в бассейне, — это при наличии океана, - не плавание а отмокание. Это- как загорать под кварцевой лампой в гостинице на Багамах.

Но это теория. А на практике я заходил в океан по щиколотку, потом на полусогнутых пробирался вперед и, чувствуя, что из меня выходят последние атомы тепла, нырял под волну. Поплескавшись, как собака в корыте, рулил к берегу, оглядываясь на настигающие волны. Однажды мне вдруг привиделось, что мои предки были мореходами и я решил поверить генам. Поплыл к берегу, не оглядываясь. Меня сразу же накрыло, а потом так шваркнуло о придонную гальку, что я увидел сразу и праотца Авраама и всех его овец. Меня протащило носом в гальке сначала вперед, а потом назад. Колея была видна минут 20. Больше в генную память я не верю.

Наш пляж — это не пляж в Пярну. Или в Пицунде. Или, не дай бог, в Ялте. Здесь не надо приходить на пляж в 5 утра и бросать свое полотенце на лежак, мол, мое. У нас здесь много народу на пляже — это значит школьные экскурсии. Они выглядят, как небольшое муравьиное гнездо на фоне уходящей на север безлюдной береговой линии.

Их ведут к нагромождению скал и там показывают, как, например, интересно следить за маленьким крабом, который чего-то ищет под камнем. Или помочь выброшенному на берег большому и жуткому на вид кальмару дотащиться до воды. Я не мог поверить, что вся группа, почти 20 человек, скучилась над небольшим соленым озерцом между камнями, и ни один ни разу не полез за своим Айфоном. Больше такого феномена я не наблюдал нигде.

В один из особо ветренных дней я заскочил на пляж посмотреть, что сделает шторм с домами, стоящими близко к берегу. Естественно, на пляже никого не было. Волны накатывали и били в 20-ти метровой глиняный утес, на вершине которого стояли дорогие дома "с видом на океан." Было очень неуютно, и я собрался уходить, когда заметил рейнджера.

Он стоял, укрывшись от ветра, за одним из больших камней. На небольшом выступе перед ним торчал компьютер. Это все выглядело, как лошадь в магазине. Когда я кое-как добрался поближе, то понял, что рейнджер общается на Скайпе. А подобравшись еще ближе увидел, что он это она. С пяти шагов все они в своей униформе выглядят одинаково. Она оглянулась, кивнула на экран и приложила палец к губам. Мол, тихо. Это при реве ветра и грохоте прибоя. И тут до меня дошло, что она ведет прямой диалог с детьми в какой-то школе. Я увидел на экране с десяток завороженных лиц. Я бы тоже был бы заворожен, так как вокруг была очень неакадемическая обстановка.

— Вот сейчас время дневного прилива. Помните, что такое прилив? Ветер сильный, холодно. Даже чайки попрятались. Но некоторых жителей океана это не пугает. Ну, вот, вы сами видите…,

и она слегка развернула экран так, что я попал в кадр. Судя по реакции школьников, меня восприняли правильно. На экране видны были смеющиеся рожицы. И на мгновение появилось улыбающееся лицо учителя. Я раскланялся, поскользнулся, чуть не грохнулся. И это было воспринято очень позитивно тоже.

Интересно, что океан делает с обычными людьми. Он их делает, ну, скажем так, странными. Где еще можно увидеть человека, бегущего по кромке воды, и при этом держащего в каждой руке по 1-галлонной пластиковой канистре. А, да, наполненной водой. На мой вежливый вопрос он так же вежливо ответил,

-Готовлюсь к визиту на Нанга- Парбат.

Это было сказано, пробегая мимо.

Сначала это название почему-то ассоциировалось у меня с каким-то персидским десертом. Потом с индийской клиникой мануальной терапии. Я знал, точно знал, но припомнил уже в машине по дороге домой. Это гора рядом с Эверестом, чуть пониже, но очень не подарок. Дома я достал из холодильника галлон молока в такой же канистре, вышел на балкон и несколько раз прошелся туда-обратно. Реакция из окна напротив была предсказуема,

-Вы в порядке?

-Да, спасибо. Просто решил расслабиться.

Больше вопросов не было.

Но самые замечательные люди на пляже, это художники. Любители. Профессионалы уже все давно срисовали. Для них океан после Курбе, Моне, Хокусаи и Тернера уже не интересен. Те уже все сказали. А любители-они другие. Они обычно работают в группе. 10-15 человек расставляют свои мольберты, ящички с красками неправильным полукругом и работают. Люди подходят, смотрят, некоторые комментируют. И всегда доброжелательно. Сами художники никогда не огрызаются, не отгоняют-они же пишут этюды для себя. Не для денег.

Я ни разу не упустил возможности подойти и молча посмотреть на процесс. И единственное, что я иногда говорил, это "Хорошо." Сам океан они пишут нечасто. Чаще всего это береговые

скалы, выжженые сотнями лет редко исчезаю-
щего солнца. Самые отчаянные пишут облака. Я
стоял минут 15, наблюдая за человеком, который
что-то рисовал, накладывал краски, часто погля-
дывая в небо. Он затирал нарисованное и снова
накладывал краски, практически не отрывая
взгляда от неба. Я бросил взгляд на мольберт,
потом в ту сторону, куда он смотрел. Небо было
безоблачным. Он поймал мой взгляд и улыбнув-
шись,

-Утром было феноменально. Не получалось.
Сейчас смотрю туда, где эти перистые были. И
вспоминаю.

И только один раз я был ошарашен тем, что
увидел на мольберте. Там был натюрморт в
старо-фламандском стиле. Типа, мясо, овощи,
какие-то стаканы необычные. Пожилая женщина-
художник внимательно смотрела на набегающие
волны и прорисовывая детали разделочной доски.
Не глядя на меня, она спокойно произнесла,

-Некоторые работают под музыку. Для меня
вдохновение — это океан. Это больше, чем кто-

либо может понять и вместить. Как Вам мой набросок?

Вместо обычного "хорошо" я сказал "здорово." И быстро отошел. Редко я себя чувствовал настолько лишним.

Но самое сильное ощущение, связанное с нашим нешироким, но очень длинным пляжем я получил 14 сентября 2001 года. Запомнил этот день. Всего 72 часа после 11 сентября. То, что меня переполняло тогда, я не буду даже упоминать. Многие, уверен, чувствовали тоже самое. От бессильной ненависти не было спасения. Говорить ни с кем не хотелось. Не о чем. Все было ясно. И я рванул на океан.

И то, что я там увидел, было подобно мгновенному катарсису. Берег был заполнен людьми, но он был пуст. Никто не ходил, не бегал, не было серферов. Не звучала музыка. Люди сидели на камнях, на песке. Некоторые стояли прямо в воде. Было тихо. И, как один человек, все смотрели на заходящее солнце и на океан. Это была спонтанная массовая медитация.

Подходили еще. Люди стояли над обрывом. Молча. Запоминая и вспоминая.

Океан делает людей странными. Вернее, делает их людьми. Даже если ненадолго.

Под знаком Дьявола

Музеи бывают разные. Платные и бесплатные. С гидами и без. Музеи искусства и музеи истории. Музеи, где можно отобедать и музеи, куда с мороженым нельзя. Музеи-усадьбы, музеи-острова, и музеи-города. Музеи на круизных кораблях и музеи на аэродромах. Музеи-подводные лодки и музеи-авианосцы. В некоторых я бывал. Какие-то даже запомнил. А некоторые даже произвели сильное впечатление. Но странное впечатление произвел только один.

Вокруг него ничего нет. Сухая трава, и вдали, на горизонте два огромных buttes[1]. Это здание музея выглядело, как лошадь в магазине. Вокруг него никогда ничего не строили. Это место было специально выбрано так, чтобы случайно сюда не заезжали. И, конечно, это здание не всегда было музеем.

На работе только закончилась 2-х месячная плановая перегрузка реактора. Внеплановый пожар растянул 2 месяца до семи. Собрав все сверх-урочные часы в кучу, я получил почти месяц свободы. Страна большая, вся в дорогах. Ез-жай, куда дотянешься. А как насчет семейной жизни? Сведена к полному взаимопониманию и гармонии. Другими словами,

-Ты не возражаешь, если я смотаюсь в музей?

-Ты? В музей? Это как если бы я решила сама поменять каталитический конвертор в нашей ма-шине. Какой еще музей, на мою голову?

-Технология. Тебе не интересно.

-Не надо за меня решать. Технология... Вер-нешься поздно?

-Не думаю.

-Ладушки. На обратном пути купи пакет куриных грудок, зеленый лук, пучок редиски...

-Если не забуду.

-Да, а где этот музей, в даунтауне?

-Не совсем. Там нет даунтауна.

Википедиа, и Гугл подтвердили, что возле музея не то, что нет даунтауна, а вообще ничего. И что ближайший пляж с игривыми молодыми вдовами находится за три часовых пояса. И что я буду каждый день звонить. И вернусь через неделю и не секундой позже. А иначе она начнет себя сразу считать молодой вдовой. И моя идиотская реплика по этому поводу лишь подтверждает , что...

-Короче, я еду тоже. И не думай отговаривать.

-Отлично. Даже не верится.

Но тут боги мне улыбнулись.

-А, черт, мне же послезавтра сдавать задание в моем классе. Знаешь, что, давай поедем через неделю.

А я хотел поехать один. Хоть на несколько дней уйти от доминирующего рева турбин, раздражающего света огромных неоновых ламп, постоянной нервотрепки и растущей психологической неадекватности, которая начинала проявляться дома. Вообще, всего того, что в течение 7 месяцев заполняло 14 часов из каждых 24.

И я это все честно сказал. И честно получил в ответ,

-Ну зачем я за того итальянца не вышла замуж? Подошел на пляже, как джентльмен. В плаще и шляпе. Помог нанести крем от загара на… Как куда? Неважно. Ладно, езжай. Может вернешься хоть полу-умным, а не полным. Не вляпайся, только.

И все покатилось предсказуемо. Шум ветра, наскоро размороженное мясо в придорожных кафе, забытые цены на бензин. А ночью маленькие, осторожные шажки и чавканье за стеной палатки и отгоняющий сон лунный свет со всех сторон. Утром головная боль от вони ароматизированной свечи для отгона комаров, овсянка с голубикой, три чашки какао и тишина. Тишина, которой так нам всем не хватает.

Ничего примечательного не заметил, пока не въехал в маленький городок. Отсюда до музея, куда я стремился, было недалеко, и я решил слегка ослабить вожжи. Естественно, я первым делом звякнул домой,

-Ну, сдала свое задание в классе?

-Не переводи разговор. Ты откуда говоришь?

-Из мотеля у дороги.

-Как погода?

-Слабка ожеледь, туман, витер захидный, слаб-кый до помирного. Температура у ночи-такой не бувае.[2]

-Что-то у тебя слишком игривое настроение.

-Та обычная погода для этих мест. Палит жара, ветер, пылюка.

-Та знаю, уже посмотрела прогноз. До твоего музея совсем рядом. Сегодня поедешь?

-Да нет, отдохну немного. Почти 9 часов в до-роге.

-Ладно, отдыхай. Звякни завтра.

Выполнив телефонную часть супружеского долга, я вышел в свет. И увидел. Почти напротив мотеля стояла настоящая рубка подводной лодки. На ней стоял номер 666. Как известно, в некоторых, весьма значительных и обширных кругах, это число называют "числом дьявола." И все потому, что много веков назад один из первых последователей Христа использовал эзоповский язык. Он, обличая, не хотел упоминать имя Нерона, поскольку понимал, что это не совсем корректно. Мягко говоря. И он использовал это число. Это одна из многих версий. Так и пошло.

А подлодка с этим номером хорошо делала свое дело. И даже не пропала без вести, как многие бы ожидали. Большинство ее походов засекречены до сих пор. Так, между прочим, упоминают, что она внесла большой вклад в безопасность страны.

Я подошел поближе к рубке. Да, настоящая. Красиво она называетсыа по-английски- sail, парус. А рядом стояла небольшая стела, на которой были выгравированы названия всех погибших подводных лодок страны, начиная с 1900 года. Никто не забыт.

А утром я уже подъезжал к музею. Ничем не примечательное здание, кроме того, что в нем в 1951 впервые в мире произвели электричество, используя совершенно удивительную концепцию. Концепцию ядерных реакторов-размножителей, так называемых бридеров.[3]

Все, что придумано человечеством, в общем-то имеет какую-то аналогию в природе. Лодка — это рыба, самолет — это птица, радио-вроде сплетницы у подъезда, Айпод — это как секретарь-машинистка. И даже ядерный реактор как-то можно ассоциировать с чайником, который закипает на костре.

Реактор-бридер не имеет аналогий в природе. Смысл в том, что в процессе работы реактор производит новое ядерное топливо. То есть, другими словами, чем больше угля сгорает-тем больше его получается. И в этом здании в 1951 подтвердили, что эта концепция работает. А в 1955 году целый город получил электроэнергию от этой экспериментальной станции. Целый город. Все 1200 человек. И аж в течение часа.

Парковка была пустая. Дверь в здание была не заперта, и я вошел. В общем, это была ядерная электростанция, очень маленькая, с допотопным оборудованием, каким-то не очень казистым, даже примитивным. Чего стоили только манометры размером с колесо машины. Но когда видишь вахтенный журнал и в нем рядовую запись, что управляемая цепная реакция зафиксирована тогда-то и тогда-то, то понимаешь, что это и есть история. Отсюда пошли реакторы-бридеры. Здесь многие годы проходили обучение большинство моряков-подводников для атомных подлодок. И поэтому место было совершенно засекречено и о нем мало кто знал.

Я собирался подняться на второй уровень, когда,

-Вам все понятно?

Девушка-гид, которой вряд ли больше 23 лет, появилась из ниоткуда.

-Честно говоря, не все.

-Ну, значит, я вовремя. Это моя работа. Вы одни или еще кто-то подъехал?

-Да нет, один.

-Давайте, спускайтесь и я вам проведу индивидуальный VIP тур.

-Бесплатно?

Она засмеялась.

Материал она знала хорошо. Даже те элементы, с которыми я был знаком, она преподнесла правильно и на уровне. Все было интересно. Когда мы вышли из здания она, указывая на огромные конструкции стоящие неподалеку, сказала,

-Вы сначала походите вокруг них, получите представление. А я чуть позже подойду и если есть вопросы…

Две здоровенные установки с огромными баками и кучей трубопроводов оказались прототипами ядерного двигателя для первого в мире бомбардировщика такого типа. Но проект не довели до практической разработки из-за того, что было очень много инженерных сложностей. А вскоре появились ракеты. Главное, что хотели сделать и даже начали.

Девушка-гид появилась вовремя, снова рассказала много интересного. Ну, что вон там, например, неподалеку, в 1961 году произошел микро-Чернобыль. Там и тогда, в 1961, на маленьком реакторе тоже вытащили один из элементов защиты и за 0.1 секунды мощность реактора выросла в 6666 раз. Все разлетелось и развалилось. Двое погибли. Захоронили в свинце. И всю огромную площадь вокруг отгородили. Я вставил свои три копейки , заметив, что в развитии технологии все правила записаны кровью. Иначе не получается. Мы помолчали.

-А Вы здесь работаете?

-Почти здесь,-и она указала куда-то в сторону, где до горизонта была только сухая трава.

-Где-то на ферме?

Она рассмеялась,

-Да нет. Я учусь в университете. А здесь летом гидом подрабатываю. А настоящая работа таки там,- и она снова указала в горизонт. И, видя, что я не совсем понимаю, -ну… не все же видно отсюда.

Мое глубокомысленное ,

-А-а,

вряд ли улучшило мой IQ в ее глазах.

Я еще походил и поездил по округе и, как обещал, вернулся домой вовремя: неделя с точностью до 2 часов.

Вечером мы пошли в кафе, и жена предоставила мне уникальную возможность высказаться. Я рассказал о подводных лодках в пустыне, о четырех 200-ваттных лампочках, которые впервые в мире зажглись от энергии распада атома, о здании электростанции, где впервые проверили концепцию реакторов-бридеров.

Я говорил о том, насколько надо нетрадиционно мыслить, чтобы прийти к такой идее, о том, что…

-Я не слишком нагромоздил терминов? Ты еще сечешь, что я говорю?

-В общем, пока да. Но хоть один вопрос я могу вставить в поток твоего словоизлияния?

-Конечно, только не очень заумный, ОК?

-ОК. Она блондинка или брюнетка?

-Кто? Подлодка?

--Гид.

-Шатенка. И имя у нее итальянское. Лючия.

А причем тут…?

-Не причем. А где, кстати, пакет с куриными грудками, зеленый лук, редиска? Лючию он помнит. Какие уже там, к дьяволу, куриные грудки?

И она улыбнулась, так как семь дней мы провели в одиночестве. Что я, что она.

[1]-отдельно стоящие холмы с почти отвесными стенами

[2] (укр. небольшая гололедица, туман, ветер запад-ный, слабый до умеренного. Температура но-чью-такой не бывает

[3]-ядерный реактор, позволяющий нарабатывать ядерное топливо в количестве, превышающем по-требности самого реактора.

На улице и дома,

в любое время дня,

В метро, на пляже, в парке

И в трамвае

Один мотив знакомый

Преследует меня

И я его повсюду

Напеваю....

("Навязчивый мотив," А. Махлянкин, Г. Рябкин)

Романс в стиле рэгтайма.

Этот город хорошо помнит Ивана Грозного и Емельяна Пугачева. Сложно забыть. Если бы мог предвидеть будущее, то хорошо бы запомнил и Владимира Ульянова за те несколько месяцев, что он там был. Этот город помнит Бутлерова, Шаляпина, Лобачевского, Качалова. А также Чапаева, Юденича, С. Королева, и В. Глушко. Список длинный. Ему, этому городу, везет на знаменитостей. А вчера в этом городе повезло мне. Я приехал в этот город шесть дней назад. Не по своей воле. Другими словами, приехал в командировку. Жил я на окраине, в так называемом Соцгороде, рядом с заводом. Никак не получалось выбраться в город и осмотреться. Но в день перед отъездом, наконец, повезло. Я закинул свою спортивную сумку в камеру хранения на вокзале,-поезд уходил на другой день утром,- и пошел по улицам. Безо всякого плана.

Когда стемнело и уже надо было возвращаться в гостиницу, я наткнулся на клубящуюся толпу. Толпа клубилась у входа в импозантное здание, типа Дворца Культуры.

-Что за кинуха? -обратился я к группе парней, угрюмо дымивших чуть в стороне.

-Оно тебе не надо, - приветливо отозвался один из них, даже не обернувшись в мою сторону.

-Раз не надо, значит индийское,-оставил я за собой последнее слово. Меня проигнорировали. Я уже практически прошел мимо толпы, когда услышал,

-Ну, нет билетов. Касса закрылась. Какого черта здесь торчать?

-Но он же здесь только один вечер...Ну, придумай что-нибудь. Ты же на мехмате.

Я замедлился. Это было точно не кино. И не дискотека. Эта пара шла в нескольких шагах позади,

-Извините, я приезжий, и не могу понять, с чего здесь такой ажиотаж?

Когда мне объяснили я, не дослушав, ввинтился в толпу, убедился, что касса закрыта, и пошел напрямую ко входу в этот Дворец Культуры. Шансы пройти в зал были у меня не совсем отрицательные. Несколько лет назад я получил на любительской киностудии в родном городе удостоверение с магической надписью "Киностудия" на обложке. Не иначе, как добрый ангел посоветовал сделать обложку очень красного цвета. Сочетание цвета и надписи творили чудеса. Всегда. Так почему бы и не сегодня?

Вход был практически не виден из-за толпы. Несколько дружинников и молодой человек с цепким взглядом стояли в дверях.

-Куда? Где билет?

-Я к Леониду Аркадьевичу.- и я несколько секунд подержал красную книжечку на вытянутой
руке. Дружинники отступили, но не молодой человек с цепким взглядом,

-Он вас ждет?

-Надеюсь, что да. Как к нему пройти?

-Разрешите ваше удостоверение на минуту?

-Пожалуйста.

Я не боялся разоблачения. Фотография была
моя. Моя должность,- Ассистент Режиссера,-
была четко пропечатана. Как и моя фамилия.
Все остальное скрывали стратегически перекры-
вающие друг друга две печати. А скрывали они
то, что эта киностудия любительская и принад-
лежит институту. К которому я уже несколько
лет не принадлежал.

-Проходите. На второй этаж. Там дежурный покажет вам его комнату. Но учтите, что концерт
начинается через 20 минут.

-Вишь, мент в штатском корочку показал и, по-жалста, в партер! Вот гад!

А это, громко, из группы злопыхательниц, кото-рые тщетно пытались заинтересовать дружинни-ков всем наличным.

А вот теперь начиналось самое неприятное. Ну, как я объясню свое появление? Никак.

-Леонид Аркадьевич?- хотя в комнате кроме него никого не было. А в том, что это он, со-мнений нет.

-Извините, мы знакомы?

И вот он, момент истины,

-Нет. Но я окончил музшколу в том же городе, что и вы. Здесь в командировке. Увидел, что вы выступаете и решил…

-Понимаю (с улыбкой). Вам одну контрамарку или…

-Одну! Спасибо, Леонид Арка…

-Не за что. Не спрашиваю, как вам удалось пройти. Извините, времени нет. Всего хорошего.

И вот я в зале. На ступеньках мест нет. Стоят вдоль стен. Одна молодежь. На сцене рояль, он, и два часа потрясающего джаза. Бесполезно пытаться рассказать об этом. Когда-то Василий Аксенов написал "Простак в мире джаза или баллада о тридцати бегемотах." Лучше не напишу. Похожее ощущение испытал много лет спустя в другой стране, в городе, из которого джаз пошел по всему миру. А сейчас все чувствующий зал каждые несколько минут взрывается аплодисментами после очередной технически филигранной аранжировки или импровизации.

Концерт подходит к концу. Это по времени. Но не по настроению. И джазовый пианист это чувствует. И, обращаясь к публике, говорит традиционные слова, что прекрасная аудитория, благодарен за прием, а потом, не совсем традиционно добавляет, что в благодарность хотел бы еще немного отыграть. Рев зала в ответ. И еще почти 40 минут мы слушали великолепную "сборную солянку" из Jelly Roll Morton, Oscar Peterson, Scott Joplin, Dave Brubeck, Charles Davenport и других, которых я раньше не слыхал.

Скорее всего, концерт бы продолжался до утра, так как пианист жил джазом. И зал это чувствовал. Расходились как-то замедленно. Я видел, что зрители, точно не знающие друг друга, перебрасывались какими-то фразами, потом останавливались и начинали что-то обсуждать. По восторженным репликам это не походило на обсуждение Продовольственной Программы.

Уходить не хотелось. В Соцгороде в гостинице я рассчитался, а до поезда было еще часов 11. Я решил перекантоваться на вокзале. Торопиться мне было некуда. Еще раз оглянувшись на Дворец Культуры, я медленно двинулся в сторону вокзала. Кто-то идущий впереди начал насвистывать Maple Leaf Rag. Но дальше нескольких первых тактов дело не шло. Я подсвистел продолжение. Идущий впереди засмеялся и оглянулся. Идущий оказался идущей. Джинсы, куртка, руки в карманах, какая-то кепка на голове. Вид немного хулиганистый. Наверное, так и должна выглядеть молоденькая зрительница после джазового концерта. Мы разговорились. Конечно, о концерте,

-Вы на кого учитесь?

-Судя по вопросу, вы явно приезжий. У нас так с женщиной разговор не начинают.

- А как?

И второй раз за вечер прозвучало почти такое же,

-Оно вам не надо.

Я решил не нахохливаться,

-Судя по вашей реакции, вы точно местная.

Она улыбнулась,

-А какая должна быть реакция, если знакомство начинают со свиста? Вы бы еще попросили закурить.

-Ну, это был джазовый свист. И если бы вы так дико не фальшивили, то...

Сработало. Она замедлила шаги,

-Фальшивила?! Да я этот рэг знаю лучше, чем вы свою фамилию. И, кстати, я уже почти пришла.

-Чудесно. И я почти тоже.

И я рассмеялся, увидев ее удивленный взгляд,

-Да, нет, я у вас в квартире жить не собираюсь.

-Боже, а я так надеялась.

-Мне к вокзалу. Поезд утром. Да, и вот еще, какая аранжировка вам понравилась больше всего? Вот мне, например, вот этот кусок из "Flamingo", Эллингтона...Вспоминаете?

Мы просидели на крылечке ее дома где-то до шести утра. Дом был старый, одноэтажный. И всего в нескольких кварталах от вокзала. Говорили обо всем. И о джазе тоже. Так говорят, когда знают, что больше не увидятся. Ее мама выходила на крыльцо несколько раз, но, постояв пару минут, молча уходила в дом. Дени (с ударением на и) заскочила в дом и вынесла мне толстый свитер, который я, после недолгого упрашивания, надел.

Было уже не прохладно, а холодно. Меня начал пробирать легкий озноб. Но не от холода, а от последствий трех чашек кофе и стакана воды, который Дени вынесла из дому. Ей-то было хорошо. По разным поводам она, как минимум, раз пять бегала в дом. Я же, как статуя Командора, предпочитал не двигаться, ибо мне деваться было некуда. Чтобы хоть как-то отвлечь мозг от очень насущной проблемы, я рассказал Дени все, что только читал о джазе. Когда проблема становилась особенно насущной, я переходил к вокалу и художественному свисту.

-Слушай, Дени, а соседи ничего, что я воспроизвожу "Take Five" Брубека в полный голос? Уже начало третьего ночи.

-Во-первых, у нас соседи привыкли к алкашам, так что, без проблем. Здесь и не такое слыхали.

Во-вторых, "Take Five" написал Пол Десмонд.
А квартет Брубека только…

-Дени, ты такая умная и красивая, что уезжать
не хочется.

Она (серьезно)-Все, больше не скажу ни слова.
А ты смотри в другую сторону. Да не на мои
колени, а на забор!

Упрекнуть ее в отсутствии гуманности я не
могу. Она несколько раз предлагала мне заскочить в дом "если очень надо." И что ее мать не
возражает. А когда я узнал, что она на третьем
курсе мединститута, все стало на свои места.
Базовые физиологические функции организма
они уже проходили. Но мне было неудобно. Знакомы меньше трех часов. Чертово кофе!

Часам к пяти утра я уже не хотел уезжать из
этого города. Меня не гнали. Я был согласен
ходить за водой к колонке на улице. Я не возражал научиться колоть дрова. И даже жить без
телефона. Лишь бы…

Дени проехала со мной в поезде до ближайшего полустанка, всего-то минут 15.

-Дальше не поеду, а то ты сильно возомнишь.

Я молчал.

-Тут автобус ходит, почти до дома. Так что, ничем ради тебя я не пожертвовала.

Молчание.

-Больше не приедешь?

-Не знаю.

— Значит, нет. А если фестиваль джаза и...

-Идиотский вопрос. Тогда, значит так, я люблю спать мордой к открытому окну, в комнате должно быть холодно и ветрено, и также...

-Отлично. В курятнике один угол не занят.

-Да, и также к вечеру в меню-молочнокислые продукты.

-Схвачено. Прокисших продуктов заготовлю, залью молоком. Так, все, мой полустанок...

Этому городу везет на знаменитостей. Вчера в этом городе повезло мне. Я услышал Леонида Чижика. И я встретил Дени. Девушку, которая по дороге домой насвистывала Maple Leaf Rag.

Посвящается Б.Л.В

Это не документ. Это память.

Пылинки с портрета

Родители были на юге.   Я блаженствовал в 2-х комнатной квартире. Август. Еще месяц до института. То есть, до колхоза. Утро я начинал с того, что будил в квартире через улицу девочку-подростка. Я включал магнитофон через усилитель, ставил "Rock Around a'clock," который вышел из моды за океаном лет 12 назад, и направлял динамики на ее окно. Она выскакивала в пижамке на балкон, растрепанная, показывала большой палец, типа "Во!" и убегала досыпать, судя по всему. Соседи не реагировали никак, поскольку были на работе. Почти все друзья и знакомые еще не вернулись в город и делать было нечего. И не с кем.

Поэтому я удивился, когда днем раздался звонок в дверь. Или цыгане, проверить квартиру на ценности, под видом "перепеленать ребенка." Или ворованное мясо с мясокомбината. Но это были не цыгане и не мясо. На пороге стоял мой знакомый. И не один. Девушка была такая же высокая, как и он. Под баскетбол. Худенькая, светленькая, в замшевой юбочке и джинсовой куртке. Оба смущенно улыбаются. Он, а я ему чуть ниже плеч,

-Привет! Слышь, ты извини, что так, нахрапом…

-Да ладно, заходите.

-Ну-у, это вот-Людмила.

Девушка улыбнулась,

 -Здравствуй, Боб про тебя рассказывал и…

-Не верь, врет все.

Она, слегка комично приподняв бровь,

-Что вы друзья? Или, что ты здесь живешь?

Она говорила на смеси русского с украинским диалектом.

Они прошли в комнату и то, что Боб мне рассказал, наполнило меня белой завистью. Пару дней назад он улетел на свадьбу к другу в другой город. На свадьбе познакомился с Людмилой. Уехали со свадьбы где-то поздним вечером и первым доступным рейсом сюда. Только прилетели. И можно ли воспользоваться моим телефоном, чтобы Людмила позвонила матери. До Айфонов было еще лет 30.

Мы ушли в другую комнату, чтобы не мешать. Боб мне сказал, что на подобный звонок у него бы духу не хватило,

-Понимаешь, ей 19 лет. Живут в небольшом поселке. Она до этого вообще нигде не была. И сейчас объясняться с мамашей?

-Так, а что...

Но тут голос из соседней комнаты стал громче. Я понимал только отдельные слова, так как Людмила говорила очень быстро и запальчиво. Судя по всему, матери Людмилы тоже было что сказать. То, что я ухватил:

Мамо! Та послухайте, мамо…! Та не зъихала я з глузду…Хто? Хто…? Хто я?? Шлёндра? Це я-шлёндра? Да кохаю я його! Це вже занадто, мамо! Усе! [1]

Боб, мельком глянув на меня,

-Ну, сейчас будет.

Мы вернулись в комнату. Людмила стояла у окна,

-Ну, как, — это Боб, несколько фальшиво, в глазах тревога,- отстрелялась?

Людмила, или как мы звали ее потом, Люся, с улыбкой,

-Ага. Узнала много нового. Ну, например, что батя набрался. Не пойму, чи з радощив, то з журбы?[2] А, ну да, и я е найдешевша шлёндра и[3]…, - заметив наши непонимающие лица, засмеялась, - ну, шлюха я, дешевая б…, другими словами. Ну, колы ридна маты це каже, то так воно и е. Та й ще побажала[4], **щоб** Фрац би мене взяв.[5]

Перевода последней фразы не потребовалось. Дошло по интонации.

- А у тебя дома е что попить?

Людмила нервно переходила с русского на диалект и обратно. Я видел, что она бодрится. Что разговор был тяжелый. И, конечно, сложно матери понять дочь, которая вечером ушла на свадьбу с подружками, а утром звонит из другого города и собирается замуж.

Вскоре они ушли. Им надо было успеть подать заявление в ЗАГС до закрытия. Сегодня.

Боба я знал несколько лет. Крупный, но пластичный. Сильный, но не перекачанный, он чем-то напоминал одного из "мальчиков" Бени Крика. Плюс, располагающая внешность, самобытное чувство юмора и прекрасная память. Учился на физфаке университета и обещал пополнить армию талантливых физиков, ставших учителями. Национальность? Да.

Естественно, жил впроголодь. И где придется. Начались подработки.

Одним летом с маленькой группой таких же, крепких и голодных, нанялся копать шурфы в районе города Палатка, Магаданская область. В его письмах ко мне оттуда звучит патологический оптимизм, "…Я вот лежу на куче земли у шурфа[6] и пишу тебе. А мой напарник на глубине 4-х метров долбит мерзляк и еще не знает, что на глубине 4.5 метров его съест зеленый камнеед…"

На первых курсах попал в студенческий театр, как прекрасный мим. Режиссер этого студенческого театра умудрился собрать таланты. И вскоре они засверкали. Боб был одним из сверкающих самородков. Мим в нем не засыпал ни на секунду.

Так, навскидку…

Идет занятие актерской группы любительского театра. Режиссер, очень знающий и очень перпендикулярный в оценках, ведет занятие. Сейчас он, режиссер, сидит лицом к студийцам, что-то им втолковывает. Боб, как и все остальные, верноподданно смотрит на режиссера. Не мигая и не отрывая глаз. Режиссера, как в общем-то нормального человека, это нервирует. Но он сдерживается. Боб, по-прежнему не отрывая от режиссера взгляда и иногда даже покачивая головой в знак согласия, гонит контру. Другими словами, делает этюд. Совсем другими словами- маленькую мимическую сценку. Он готовит себе завтрак. Сначала омлет, потом блины. Один только эпизод, как он разбивает яйцо, а в нем- цыпленок, идет на уровне Марселя Марсо.

Весь ряд студийцев, свидетель этого чуда, тихо повизгивает от восторга. А комбинация слегка выпученных верноподданных глаз, и совершенно независимого мимического действа, наконец, проецируется на режиссера. И он, хохоча, как и все остальные, орет, тем не менее,

-Боб! Вон с репетиции!

Боб с улыбкой Ангела, сообщившего Марии весть о благости, идет к двери, не доходя до двери поворачивается, идет обратно, отдает мифические блины режиссеру и выходит. Не забыв сыграть в дверях 20 секундную сценку с зацепившимся за ручку двери пиджаком. Внеплановый перерыв в занятиях объявляется на 15 минут.

Но есть две сценки, которые помнят все, кто помнит его. Легко представить, как открывается занавес и на сцене что-то громоздкое, накрытое материей. Появляется некто, типа распорядителя, который жестами (помните, это этюд) показывает уважаемой публике, что сейчас состоится открытие памятника. После завораживающих телодвижений покрывало сдергивается. И вот памятник: на стуле, прямо и глядя перед собой, сидит Боб. Его лицо…" Выражает то лицо, чем садятся на крыльцо." Правая рука вытянута вперед. К нам. К народу. Пальцы собраны в фигу. Фига хорошо сделана, большая, мясистая. Каждый элемент фиги очень выразителен и фактурен. Фига завораживает. И все. Ни одного движения. Проходит несколько минут. Тишина. В зале вспыхивают нервические смешки. А еще через пять минут-истерический хохот всего зала. Работало всегда. На надрыве зала. Объяснить феномен не могу.

Еще один этюд, не менее знаменитый, пересказать не берусь. Приведу его название "Удаление зуба мудрости через задний проход."

И надо отдать должное режиссерам, которые ставили любительские спектакли: они брали Боба на характерные роли, и он играл их прекрасно.

А жили они с Люсей в большом городе, где придется. Она уже была на последних месяцах. И что удивительно, так и оставалась подтянутой и худенькой. Но почему-то впереди носила большой живот. Выглядело как-то ненатурально. Не расползлась, не подурнела. И, конечно же, давно помирилась с родителями. Я бывал у них не один раз. И почти каждый раз это было новое место жительства. Боб уже работал в солидной проектной организации, занимался расчетом фундаментов для промышленных объектов. Конечно же, мотался на эти объекты.

В один из дней второй половины прошлого века сижу в сквере, игнорирую лекцию по газодинамике, поскольку не понимаю расчет скачка уплотнения в частных производных. И погода

хорошая. Тихо и зелено. Подходит Боб. Приятная
встреча. И тут он поворачивается лицом к главной аллее и голосом, которым обычно командуют "На Абордаж!" вещает:

Скоро праздник великий, Аллаху хвала!

Скоро все это стадо пропьется дотла.

Воздержанья узду и намордник намаза,

Светлый праздник Господень

Снимает с осла!

Следует царственный жест в сторону 6-этажного
здания КГБ и троллейбусной остановки.

И не менее внятно произносит: Омар Хайям, Рубайят, перевод Германа Плисецкого. Ах да, и это
12 век, Персия.)

Я до сих пор считаю, что нас не повязали благодаря этому пояснению.

Конечно, иногда бывала просто демонстрация
силы. Ну, например, поднять алюминиевый столик за одну ножку. Только зубами. Не без этого.

Как ему удалось получить одну комнату на первом этаже в обычном доме - мне никогда не узнать. Именно, комнату. Не квартиру. Кухни нет. Но зато соседняя пятиэтажка стоит совсем рядом, почти торец в торец. И вот ему удается добиться разрешения,-даже сейчас не верю,- чтобы в этом узком проходе между домами выгородить что-то вроде кухни. И это не на хуторе, а в огромном городе. В этом зазоре хватало места только для плиты. К плите надо было стоять вплотную. Сам был там несколько раз. У Боба и Люси уже было двое детей.

А потом наша семья оказалась в "отказе" и почти все от нас отхлынули на долгие 10 лет. Я понимаю, и, наверное, сделал бы то же самое. Страшновато было. Телефон молчал месяцами. Однажды встретил Боба на улице. Пожаловался на разваливающийся тяжелый шкаф. Он помолчал,

-Сегодня нормально зайти? Люсе скажу только.

И он зашел и все сделал. Хотя уже более 6 лет мы были, как прокаженные, благодаря статье в газете. А когда спустя всего 4 года после этого мы уезжали, то он и еще совсем немного людей пришли на вокзал. Тогда, когда только начали выпускать, выезжали иначе, чем сейчас. Мы считали, что это навсегда. Практически, хоронили. Так и прощались.

Мы очень долго общались через океан. Иногда я звонил. Обычно Люся брала трубку. Ее милый акцент не исчез, стал чуть мягче. Ну, а потом уже Боб вел разговор. Мы хохотали над шутками, травили анекдоты и, как-то не думали, что между нами 10 часов разницы. Интернет еще только начал держать головку.

Боб не изменился. Я это понял, когда он мне рассказал, как поехал зарабатывать в Израиль на компьютер для сына. Устроился в какой-то синагоге разнорабочим и с арабами рыл канавы. В один из дней во время ланча сидел на ступеньках храма и ел бутерброд, который до этого охлаждался в холодильнике на кухне в синагоге. Проходит ребе, сначала нюхает воздух, потом смотрит на бутерброд, в котором явно некошерное сало. После крика и дикой жестикуляции Боба и арабов сразу уволили, а синагогу переосвятить приезжали из Иерусалима.

А потом навалилась лейкемия. И аж 16 лет подряд. Каждый год- в онкоцентр. Каждый год всякие тошнотворные терапии. Лейкемию замедлили. Но не остановили. Я звонил, но они ничего от меня не хотели брать.

А совсем недавно я решил еще раз посетить могилу своего отца, могилу той, которую всегда помню, и пока еще живого Боба.

Мы посидели все на кухне, попили домашнего вина, хохмили, вспоминали, смеялись. В горле у меня стоял комок. Я увидел и понял.

Спустя несколько месяцев это произошло. Удивления не было. И грусти не было. Было никак. Как в палате без окон. И стены серые.

А удивился я, когда узнал, что летом 1986 года Боб был одним из ликвидаторов на Чернобыле. И знала об этом только Люся.

[1](укр.) Мама! Да послушайте, мама! Да не сошла я с ума…Кто? Кто..? Кто я?? Шлюха? Это я-

190

шлюха? Да люблю я его! Это уже слишком, мама! Все! (укр.)

[2] (укр.) Не пойму, или с радости или с горя.

[3] А, ну да, и я самая дешевая шлюха…

[4](укр.) Ну, когда родная мать это говорит, так оно и есть. И еще пожелала,

[5](закарпат.) чтобы меня черт взял.

[6] вертикальная (редко наклонная) горная выработка квадратного, круглого или прямоугольного сечения, небольшой глубины (редко более 20—30 м), проходимая с земной поверхности для разведки полезных ископаемых, при инженерно-геологических изысканиях, и.т.д.

Алмазный юбилей

Приближался юбилей. Дата была серьезная и тривиальный подход не работал. Поэтому, я не ждал до пятницы и уже в среду вечером сказал жене,

- Что-то давно в этой семье не было сюрпризов. .

-Только не надо мне делать хорошо. Тебя наконец-то уволили? Или ей нет еще 15?

-Твои молитвы не были услышаны, меня почему-то не уволили. А насчет нее, то ей…

-Чего? Ей-кому?

-Да ладно. Сюрприз ожидаешь? Нет? Отлично. Выезжаем завтра, почти сегодня. Другими словами, в 4 утра. У тебя почти 7 часов, чтобы взять самое необходимое.

Естественно, я услыхал то, что и ожидал,

-Куда? Что брать? На сколько дней? Купальник брать? Или колготки и сапоги? Хоть в какую сторону? Сейчас же лето. Выходное брать или джинсы и шорты сойдут? Господи, за что мне это все? Моя мама всегда говорила, что...

Здесь я обязан был прервать,

-Твою маму мы не берем. Я же уточнил, самое необходимое. И ненадолго. Бери пример с меня.

-Ну да, два пакета Beef Jerky, полкило конфет "Коровка" и...

Я, покровительственно и снисходительно,

— Это Америка. Если что забудем-купим по до-роге,-и добавил самое стратегическое,-Ты же мо-лодая. Во всех ты, душенька, нарядах хороша. Тебя же на любой заправке могут похитить из машины.

Я помню, как всего на 10 минут отошел, и сразу же к тебе подплыл соискатель в атласных шальварах и...

-Не в шальварах, а в белых итальянских брюках и, между прочим,...

Выехали мы, как я и планировал, ровно в 4 утра. Это если бы жили на Гавайях. А у нас было около восьми утра. Все необходимое заняло места ненужного.

-Ну хорошо, мы уже едем. И где сюрприз?

Наконец, наступил нужный момент,

-Слушай, мне бы хотелось, чтобы это действительно был сюрприз, а не дешевая фигня. Делай то, что я тебя прошу. Хоть раз в жизни.

Последняя фраза была лишней,

-Раз в жизни?! А борщи кто просит? А гуляш из козлиного мяса? А кто женится просился, я, что-ли…?

Это мы еще не выехали с нашей улицы.

-В общем, слушай! Вот прямо сейчас закрой глаза. Только честно. Когда скажу-тогда откроешь. Но только без подглядок. А иначе, можем вернуться в гараж. Ты же молоденькая. Ну, подыграй мне, старику.

-Ну, ладно, дед Мазай, уболтал. А сколько так сидеть?

-Пока не скажу.

-А сюрприз дорогой? Интересный?

-Я сказал сюрприз. Не сервиз. Лучше всего, если ты поспишь. Если что-разбужу.

И она заснула. Это я так думал. Минут через 15,

-Ну, еще долго? Опять тащишь меня в какую-то пустошь.

-Уже глаза открыла?

-Да нет. Просто окно открыто, ветер жаркий, трафика почти не слышно.

Она была права. Дорога к сюрпризу точно не шла через даунтаун Лос-Анжелеса. Это надо было признать вслух,

-Да, точно заметила. Ну еще немного потерпи, лады?

-Немного, это сколько?

Из машины она выскочить не могла. По крайней мере, я так считал. Убить меня? Могла бы. Но если за последние годы этого не сделала, значит, что-то сдерживало.

-Ну-у, ориентировочно часов 9, а если поднажмем, то…

Ее реакция не ожидалась,

-Шумит здорово. Еще раз, медленно и внятно: сколько еще ехать? А то мне послышалось что-то вроде "…часов."

-Ну-у, ориентировочно часов 9, а если поднажмем, то…

И опять, реакция моей жены была неожиданной,

-9 часов? Слава богу, а то мне послышалось "десять." Глаза можно открыть? Я так понимаю, что это и был твой сюрприз? Вместо 10 часов в машине в пустыне, всего только 9.

Я понимал, что нахожусь в "глазу" урагана. Так все тихо, мирно. Ну да. Пока еще.

Пейзаж за окном радовал однообразием: простира-ющиеся до горизонта невысокие холмы, покры-тые удивительно злобными колючками. Уже не первый раз мы посещали подобные места. Ка-кое-то удивительное чувство отстраненности и тишины. Часто вспоминали картину "Dead Sea at Siloam" Вильяма Ханта. И радовались, что это не наш домашний адрес.

-Слышь, а ну притормози. Что это за exit был? А-а, вспомнила. Значит так, приедем к твоему сюрпризу через 9 часов, или через 9 часов 15 минут- нет разницы. Я помню, что сразу за этим exit есть холмы, где полно опалов.

Сдай назад.

-Ты что, на хайвее сдавать назад? До твоего exit почти миля назад.

-Та никого нет ни впереди, ни сзади. Давай по-быстрому.

В любой другой ситуации я бы отказался. Но она не устроила скандал по поводу поездки длиной в 10 часов, так что почему бы не явить благость сестрам нашим меньшим. Тем более, что вслух я этого не сказал.

Мы въехали в этот exit без проблем. Потом еще где-то миль 5 ехали по едва видимой в пыли грунтовке, пока, наконец, справа показались холмы.

— Вот они. Но до них топать минут 30. Давай, подбрось меня поближе.

Все мои инстинкты завизжали в полный голос, Низзя! Они были правы. Только я съехал с грунтовки, как машина провалилась в песок аж до трансмиссии. Откапывали мы ее в четыре руки часа два. Никакой возможности заставить колеса зацепиться за что-то солидное не было. Рвали колючие ветки и укладывали их под колеса. Не работает. Вытащили коврики из машины и кинули под колеса. Не работает. Пока с этим экспериментировали, машина села еще глубже. Наконец начали подкладывать камни. Выложили колею длиной метров в пять. И вперед, и назад. Выехали медленно и печально. Да, забыл упомянуть, что лопаты у нас не было и откапывали мы машину двумя бумажными стаканчиками из "Starbucks."

-Ты понимаешь, что такие вот ситуации укрепляют брак.

-О да, точно так же, как сухари укрепляют кишечник от поноса. Если бы ты понимал, что твоя машина не луноход, то…

Следующие 10 минут взаимных комплиментов я опускаю, как исторически незначительные.

Ночь в мотеле, и в особенности полноценный душ, восстановили нашу ментальную стабильность. Мы выехали пораньше, чтобы добраться до цели не по жаре. По прогнозам такая жара должна была окончиться в третьей декаде ноября. Сейчас был июль.

Несколько раз мы видели стоящие на обочине машины с откинутыми капотами, из-под которых валил пар. В нашей машине подозрительно пахло горящей резиной. Наконец наступил момент, которого я так ждал,

-Так, закрывай глаза!

-Опять? Не буду.

-Почти приехали.

Мы находились в графстве с милым названием Dona Ana. В графстве, где находилось место, под названием Trinity. Место, где 70 лет назад была испытана первая ядерная бомба. Конечно, ничего особенного мы не ожидали увидеть. Уже давно все можно посетить по фотографиям и видео. Да и просто туристов возят. Но мне всегда хотелось посетить то место, где впервые человеку удалось прикоснуться к неизмеримой мощи, до конца понять которую не удается и по сей день.

Это была даже не вершина айсберга. Скорее, крошечный камешек с его вершины.

Я достаточно знал и читал об этом первом испытании. Меня мало интересовали те артефакты, которые были экспонированы в местном музее. Да, мы его посетили, походили вокруг да около. Но я хотел посмотреть на то место, где стояла когда-то 30-футовая вышка, на которой этот, как его называли тогда Gadget, был взорван.

- Извините, но это место открыто для обозрения только два раза в году.

- Надеюсь, сегодня один из этих дней?

-К сожалению-нет. Один день в апреле. Другой-в октябре. Очень сожалею. Да ничего вы там особого и не увидели бы. Небольшой пучок искореженной арматуры. И все.

А это уже моя жена,

-Но там же тринитита много, и мне хотелось бы...

-Вы правы, леди, там есть тринитит[1]. Вы можете его собирать, но забирать с собой запрещено. Вы обязаны сдать все, что Вы собрали. У Вас есть еще вопросы?

Прямо на парковке возле музея я взобрался на горячий капот машины. Жена села рядом. Горы, почти бесцветные под солнцем, ни облачка, небольшой памятный знак. За почти 11 часов езды мы проскочили, наверное, с несколько десятков похожих мест. И это бы проскочили, если бы не память о совершенно удивительном событии. Событии, которое, как никакое другое, определило и будет определять наше будущее еще очень долго. Событии, которое, как никакое другое...Но тут я вдруг вспомнил,

-Подожди, а откуда ты знаешь про тринитит? Это же только здесь, а я никогда...

Жена улыбнулась,

-Муж в среду вечером, вдруг, на голубом глазу, несет что-то про сюрприз. Говорит, что, мол, готовься. Куда, зачем-тайна. Никаких дней рождений, юбилеев, повышений на работе. Начинаю думать. С чего бы вдруг? А потом нашла. И, как ты просил, подыграла старику. Чего надулся? Сам ведь сказал.

-Ну и лицедейка! А нашла-то что?

-А то, что 16 июля 1945 года в 5 утра на полигоне White Sands Missile Range... 70-ая годовщина. Алмазный юбилей. А теперь на обратном пути точно заедем в те холмы за опалами. Я веду, а ты закрой глаза. Я скажу, когда открыть.

[1] на месте взрыва кварц и полевой шпат сплавились в минерал светло-зелёного цвета, названный тринититом,

-

Посвящается А. С., "Анжелике"

Шанс

-Вы у нас уже были два года назад, - врач отложил в сторону мое пухлое досье, - Не похоже, что вы следуете рекомендациям. Вот поэтому и обострение.

Я все это знал и мог произнести то же самое и громче и с выражением. Мне нужно было направление в санаторий. Потому и пришел.

-Острая пища вам вредна. Лучше всего домашняя еда. Ну, например, что вы ели вчера на обед?

Я задумался. Обед, вчера…По объёму их было несколько, а по времени – весь день.

-Ну, точно не припомню…Было хаши[1]. Потом было лобио[2]. А, да, и хачапури[3], но это я ел до хаши. Что-то еще. Деталей не помню.

-Ну, тогда вопросов больше нет. Хаши на чесноке, лобио на репчатом луке и на чесноке. Удивительно, что вы своим ходом пришли. Так бы и сказали, что хотите на инвалидность в... Сколько вам?

-27.

Врач задержал свой взгляд на мне несколько дольше, чем предполагает профессиональный интерес,

-На грузина вы не похожи. У вас что, жена грузинка?

-Не женат.

--А чего же у вас такое национальное меню?

-Отмечали окончание работ в каком-то кавказском ресторане.

Врач,

-Вы, наверное, забыли, почему здесь лежали почти месяц. Вам надо есть по часам вареную, не острую пищу. Договоритесь на работе, чтобы вы могли...А кстати, где вы работаете? Здесь просто сказано, что инженер.

-На монтаже. Командировки,

-Тогда или вы меняете работу или переселяетесь к нам в стационар. И надолго.

-Понял. Доктор, а как насчет направления в...

-Направление выпишу. Подумайте о том, что сказал. Это не шутки.

Я знал, что путевки в санаторные города Северного Кавказа не существуют. То есть, они есть, но их нет. Я надеялся купить курсовку на месте. После ночи в поезде и четырех часов в местной курортной поликлинике, я получил немыслимое, то есть курс "Грязевые аппликации на живот," курс "Минеральные ванны," и раскладушку в гостинице.

Мне стало стыдно за то, что я думал про отечественную медицину, стоя в очереди. Но это сразу прошло, когда я решил подкрепиться. Единственное место, куда не стояла километровая очередь было кафе-мороженое. В дополнении к мороженому там готовили люля-кебаб, шашлыки, и пекли лаваш.

Работа на монтаже приучила меня жить на 2 рубля 60 копеек в день. Так то же работа, а это я в отпуске. Другими словами, 2.60 в день не хватало. В частности, их не хватало на два шампура бараньих шашлыков со свежеиспеченным лавашем в день. Хватало на мороженое.

Сейчас, стоя у витрины с 8 сортами мороженого и вдыхая неземной аромат бараньих шашлыков, с которых капал густой жир на груды лука в поддоне, я клял себя за выбор профессии. Но клял недолго, так как вспомнил, что могу занять. Мое письмо приятелю было написано на открытке и, как все деловые депеши, было кратким "Телеграфом 150."

Я рассчитывал получить перевод дня через четыре. Через 6 дней я получил от него письмо на 3 листах, написанное очень бледными чернилами. Я узнал, что в город приехал режиссер Калитиевский и привез интересные фильмы. Далее следовал краткий синопсис этих фильмов. В конце письма было сказано, что мою шифровку прочесть не смог, но зная меня, высылает телеграфом 75. Скорее всего, в конце недели. Если нет, значит услали в колхоз на месяц. Деньги я получил через день. Аж 120.

Вспоминая разговор с врачом, я обратил внимание, что слово мороженое он не упоминал. Значит, можно. И как удобно! Не надо стоять в очереди в столовку. Съел три стаканчика пломбира, запил минеральной водой из бесплатного источника, и пошел вышагивать по терренкуру в ожидании грязи на живот.

Когда в первый раз на мой впалый живот из нависшей надо мной трубы вывалился шмат чего-то похожего на горячий асфальт, я не охнул потому, что не успел. Полужидкий битум вдавил меня в лежак. Через несколько минут стало просто очень горячо. До этого-неописуемо. А потом стало тепло в животе, и я понял, почему у Будды такая улыбка. Я лежал с полузакрытыми глазами и тихо улыбался. Как и он. Правда, он сидел. Ну, это потому, что Будда.

После "грязи" почему-то очень хотелось шашлыков. Ну, хотя бы лук с бараньим жиром. Или макать свежий лаваш в луковый соус. А вот после минеральных ванн не хотелось ничего. Ванна была очень древняя, каменная. На стене висели песочные часы. Маленькие пузырьки обволакивали мозг. Я чувствовал, что отлетаю, хотя на самом деле тихо сползал в ванну все глубже и глубже. Но тут появлялась медсестра,

-Не сползай! Сиди так, чтобы сердце было над водой. Иначе втонешь.

Вот так и говорила, "втонешь." И это слово действовало. "Втонуть" не тянуло.

В очередной раз после ванн сидел старичком на скамейке. На другом конце скамейки устроился пухлый молодой парень. Он несколько раз взглянул на меня,

-Отдыхаете?

Я, без малейшего желания вести разговор,

-Да.

-Здесь столько людей, со всей страны. Климат замечательный. А терренкур-один из лучших в

Европе. Здесь, говорят, и произошла дуэль у Баратынского с Пушкиным.

Я, зло,

-Ага. Только не у Баратынского, а у Толстого. И не с Пушкиным, а с Эйзенштейном. И не дуэль, а междусобойчик.

Он рассмеялся,

-Ну, вот как я вас легко проверил на интеллигентность. Сразу видно.

Он придвинулся,

-Я из Нальчика. А вы , наверное, из Ленинграда?

Я мог его рассмотреть. Слегка одутловатое лицо, бегающие белесые глаза, куча прыщей вокруг рта.

-Так вы из Ленинграда?- и сделал попытку положить мне руку на колено, - здесь много наших. Вас интересует альтернатива?

Я поднялся, молча пошел по аллее. Слабость улетучилась. Появилось омерзение, как будто на лицо бросили тряпку с чьей-то блевотиной.

Гулять расхотелось. Мой "сокамерник," здоровенный грузин, который большую часть дня лежал, держась за живот, был дома. Я с ним поделился недавней встречей. Он, не отнимая руки от живота,

- Налчык? Там их много. Разводят, навэрно. Ему что сдэлал? Нычего? Я бы плюнул под ноги. Грязь!

Новый день не приносил ничего нового. Большая часть отпуска уже прошла. Талоны на процедуры заканчивались. В один из дней, возвращаясь с "грязюки" я обратил внимание на группу, сидящую на траве недалеко от аллейки. Двое мужчин и две женщины. Одна совсем молоденькая, а вторая, судя по всему, дуэнья при первой. В основном, говорили мужчины.

Один, обстоятельный бородач в дымчатых очках. Второй поджарый, в загаре, чем-то похожий на английскую гончую, с вытянутым вперед лицом. То, что это не родственники, было заметно. Поскольку говорили не тихо, я невольно прислушался. Разговор шел о поэте Борисе

Чичибабине. Кроме фамилии я о нем не знал ничего. Но… на люля-кебаб денег не хватало. Мороженое надоело. Вода из источника расслабляла кишечник. В номере гостиницы, тихо ругаясь по-грузински, проводил очередной день мой "сокамерник." Терренкур осточертел. Никакого гламура.

В общем, я остановился и проявил молчаливый интерес. Женщины сидели ко мне спиной. Заметив мое внимание, бородач,

-Интересно, молодой человек? Желаете присоединиться? Ну, это если дамы не возражают.

Женщины повернулись в мою сторону. И я остолбенел. В нескольких шагах от меня сидела Анжелика. Ну, вот та, из "Анжелики маркизы ангелов." Мишель Мерсье. Вживую. То есть, сходство было почти нереальным. Фильм прошел совсем недавно. Ажиотаж был большой. И там, у них и здесь, у нас. Я понимаю, что вид был у меня хорошо ошалелый. Правда, когда бородач обратился к дуэнье,

-Ревекка Абрамовна, Вы не возражаете, если молодой человек присоединиться послушать?- я вернулся в реальность.

- Вас, Светлана, я не спрашиваю, знаю, что Вы очень гуманны.

Я молча подошел. В сторону Анжелики-Светланы я не смотрел. Не хотел разочаровываться. Судя по всему, я был единственный, кто не просто не смотрел на нее, но и не хотел смотреть. Видя, что я закрыт, собеседник бородатого обратился ко мне,

-Мы тут разговариваем о литературе. О поэзии. Диспут открытый. Вот у Светы отец известный питерский журналист и у нее особое мнение о Чичибабине, слыхали такого?

-Нет. Поэзию я знаю плохо. Особенно современную. Больше нравиться древняя.

Я почувствовал на себе взгляды. Бородач,

-Любопытно. Светочка, Ревекка Абрамовна! Вам еще не осточертел наш треп? Не задерживаем?

-Треп интересен. Вот если он превратится в до-клад....

Все рассмеялись.

-Да, так вам нравится древняя поэзия? Мы здесь все, включая Свету, технократы. Еще осваиваем Блэза Сандрара, "Проза о транссибирском экс-прессе и о маленькой Жанне Французской." Как Вам это?

-Да никак. Не достало.

Ревекка Абрамовна,

-Я тоже не поняла. Значит, нас уже двое.

-А что вас, да, достало, например?- голос был звонкий, но негромкий. Это уже Света.

-Ну, Бедиль, например.

-Не слыхала про него. Пример можете?

-Да я только купле...,- то есть, одну строфу помню.

Ты прав, Бедиль,

Играть не безрассудно

Безумца роль.

Сошедшему с ума

Не так бывает горестно и трудно

Смотреть на мир,

Которым правит тьма.

Я говорил, глядя на бородатого. Он снял очки, потер переносицу. Отозвался поджарый,

-Сильно. Не слыхал о нем. Когда жил?

Я рассказал то немногое, что знал. Почувствовав себя лишним, я извинился, произнес затрепанную шутку о целебной воде и ушел. В гостинице делать было нечего, и я начал кружить по осточертевшему за десять дней терренкуру. На одном из поворотов ко мне подошел запыхавшийся парень,

-Слушай, девушку с коричневой сумкой не видел?

-Нет.

Ч-ч-черт! Чего-то не то сказал, она обиделась, психанула и ушла. Вроде на эту аллею.

-Да нет, никто не проходил.

Парень достал сигареты,

-Куришь?

Нет, спасибо.

Он закурил, помолчал, идя рядом,

-Она местная, где ее искать?

-Та одумается. Найдет, если захочет.

Парень вздохнул,

-Ага, если захочет. А ты чего, болящий или отды-хающий?

-Болящий. А ты?

Я проездом. Откуда сам?

В голове у меня тихонько звякнуло и, подчиня-ясь этому, я спокойно,

-Из Мурманска.

С ударением на первом "а." Как местные гово-рят.

-Давно здесь?

И опять я подчинился тихому звоночку в голове,

-Да всего пару дней.

Парень,

- Ну, ладно, давай, лечись.

Он ускорил шаги и скрылся за поворотом. По-чему-то я не удивился, встретив его минут через 10. Он обратился ко мне, как к знакомому,

-Нету ее. Понятия не имею, где искать.

Я промолчал, понимая, что продолжение после-дует. Оказался прав,

-Слышь, земеля, не торопишься?

-Да нет.

-Скукотища здесь. Давай в картишки сгоняем? Да вот здесь, прямо на травке. Не брезгуешь?

Он расстелил газету на траве, кинул колоду карт. Как я и ожидал, вскоре подошло еще двое,

-Ну, слава богу, хоть есть нормальные люди! Присоединиться можно?

Конечно, они присоединились. Конечно, первые разы мне шла такая карта, что я мог бы жить в Монте-Карло и даже не в кредит. Поскольку, "чтобы было интересно, хоть как-то," играли на деньги. У меня с собой было рубля четыре. Они кончились быстро. Я сказал, что играть дальше не могу, ибо наличных нет. Мой "провожатый" начал занимать мне деньги. Пока у меня была идеальная карта, я не возражал. Но как только карта в первый раз чуть ушла в сторону, я решительно сказал: "Нет." Открыли карты. И я опять выиграл. На газете уже лежало пару сотен точно.

-Ну все, поиграли и ладушки. Спасибо за компанию. Разбирайте с газетки, где чье.

Это сказал я. Наступило молчание. Нехорошее. Потом тот, кто пришел последним,

-Твоих денег здесь сколько?

-Четыре рубля.

Голос из-за плеча,

-А я ж тебе занимал.

-Ну, спасибо, конечно. Вон, все на газете, бери, что свое.

Опять молчание. А потом фраза, значение которой я понял не сразу,

-Можешь идти. Мы тут разберемся.

И я ушел.

Дней до отъезда оставалось мало. Процедуры окончились, чувствовал я себя никак, в основном просиживал время на скамейке, ничего не читая, а просто смотря на песок под ногами. И вот так, глядя в песок, раз услыхал,

-Привет.

В упор на меня смотрела Анжелика. Это та, что Света. Тетя Рива, а вернее Ревекка Абрамовна, стояла рядом и слегка насмешливо рассматривала меня.

- Нас помнишь? Эта моя тетя Рива. А меня зовут Света.

Во мне сработал годами отработанный с моим другом алгоритм,

-Ну почему ты не спросишь, а как меня зовут?

На мгновение в ее глазах мелькнуло удивление и вдруг, я был уверен, что не ошибся, она подхватила,

-Ну, а как тебя зовут?

Я понял, что Света включилась, потому что и ее голос соответственно изменился. Я встал, выпятил живот, подбоченился и громко возвестил.

-Меня зовут Карлсон, который живет на крыше!

Проходившая мимо пожилая пара на мгновение остановилась, мужчина улыбнулся, а женщина рассмеялась.

-И я мужчина в самом расцвете сил!

Засмеялась тетя Рива. А Света, в точном соответствии со сценарием,

- А когда наступает этот самый расцвет сил?

Я, искренне, как и герой мультфильма,

-Ну-у, не будем об этом.

Мы провели целый день вместе. Я имею в виду вместе с тетей Ривой. Я ее понимал, так как на Анжелику смотрели все. Некоторые забегали вперед и еще раз смотрели на нее. Возле источника минералки кто-то подослал маленькую девочку с открыткой и ручкой. Света улыбнулась, спокойно написала "Я - не Она," подрисовала смешную рожицу и отдала открытку счастливой девочке.

И так прошло еще два дня. А на третий день я никуда не пошел. Не смог. Разболелось все, что так невнятно лечил две недели. Я лежал на раскладушке, прижав подушку к животу. Завтра надо было уезжать. А я не мог даже представить, как дотащусь до поезда. На соседней кровати огромный грузин Лаша лежал на спине, что-то негромко мурлыкал. Мелодия была на удивление солнечная, и незамысловатая. Боль была не острая, а тяжелая и тупая. Она не отпускала. Ни есть, ни пить мне не хотелось. Я устал чувствовать боль и задремал. Вернее, отключился. Разбудил меня недовольный голос Лаши,

-Зачэм стучишь? Нэ надо убирать. Ну, что хотэл?

А потом вдруг негромкий гортанный звук, как поперхнулся, и,

-Слушай, ты к кому пришел? Ко мне? Не ко мне? Значыт, к нэму…

И негромкий звонкий голос,

- К нему. А это вам. Он мне сказал, что вы болеете.

Я, сквозь заливающий глаза холодный пот видел, как Света поставила на тумбочке у кровати Лаши две бутылки кефира, подвинула единственный стул к моей раскладушке и села рядом. На пол она поставила большую пляжную сумку.

-Слушай, красавица, отвернысь, сейчас аденусь и уйду.

И, громко обращаясь ко мне,

-Ты дарагой нэ тарапысь. Прыду утром. Слушай, такой красывый, такой добрый. Где был 20 лет назад? Пачему не встретил?

-Ну, наверное, потому что я была в детском саду.

И, уже обращаясь ко мне,

- Тут тебе легкий суп и манная каша. Когда поезд?

Потом помолчала и негромко,

-А вот где же ты был полгода назад?

и слегка крутанула на тоненьком пальце обручальное кольцо.

[1]-крепко сдобренный чесноком бульон, изготовляемый из говяжьих потрохов или баранины (главным образом ножки, желудок, части головных костей), называемый хаши. Слово «хаши» переводится как «варево». Как готовить хаши, знает любой мужчина, ведь именно они и готовят это блюдо, не подпуская женщин.

[2] - готовится как из стручков зелёной фасоли, так и из отварной красной фасоли с зеленью и/или зёрнами граната.

[3] - грузинское национальное мучное изделие, закрытый пирожок с начинкой из сыра и яйца

Ребе, который любит горы, на день рождения. Здесь ни слова про горы.

Миллионерша

Рабочий день подходил к концу. Это у всех на нашем этаже, кроме меня. Несколько дней назад я бодро перетащил себе в офис стопку инструкций, где объяснялось, как пользоваться суперкомпьютером. Непосредственный начальник сухо заметил, что это необходимо для моего успешного вживания в рабочий процесс. Сегодня был день третий, но дальше введения я не прошел. То есть, с третьей страницы я перестал понимать, о чем речь. В конце дня начальник спросил, какой прогресс. Он мог не спрашивать. На столе у меня лежал первый том инструкций раскрытый на второй странице. Первый том из 14. Результаты расчета на этом компьютере должны быть на столе завтра утром. То есть, время еще было. Вся ночь.

Я сидел, закинув руки за голову и подсчитывая количество пылинок в воздухе. Из всего, что я

225

мог бы сейчас делать, это было самым произво-
дительным

-Домой жена не пускает? Правильно делает. Нечего торчать на работе после пяти.

Это подошел один из инженеров-физиков, рабо-
тающих рядом,

-Чего не рвешься с работы, как нормальные
люди?

Я монотонно изложил трагедию. Кен улыбнулся,

-Я всегда недолюбливал твоего босса. А он,
судя по всему, тебя. Кто вот эту ерунду вообще
читает? Ты чего? Он тебе не сказал?

-Ну, а как же иначе мне…? Сказал про что?

-Сейчас увидишь. Только не умирай. Жена у
тебя красивая. На кого оставляешь?

Он вернулся минут через пять и положил передо мной небольшой блокнот,

— Вот здесь все по пунктам, на что нажать,
что написать, и что должно выскочить. Всего 8

простых шагов, и ты в системе. Все только так и делают.

-Подожди, Кен, но вот эти тома инструкций. Как же….

Кен засмеялся и махнул рукой,

- Игнорируй. Ни один из нас не смог дальше первых страниц уйти. Это специально так написано.

-Специально?

-Ну да. Чтобы ты звонил в их техотдел за помощью. Они у тебя выяснят откуда ты, помогут, а потом пришлют сюда счет. И еще какой! Им то зарплату надо получать. Вот они это и придумали. И твой босс это знает.

-Кен, спасибо!

Да ладно. Знаешь, как мы тебя прозвали? "Очередная жертва." Так что, звони домой, что скоро будешь. Делай все так, как здесь написано и через час уже будешь есть этот, как его…Ну, вы нас угощали. Такой очень густой суп, темно красного цвета.... И мяса много и вкусное. Как его?

-Борщ.

Кен смешно сморщился,

-Ну, где-то так. Таких слов вообще не бывает, Борсч. Это сколько надо выпить, чтоб такое придумать?

Он рассмеялся и ушел. Все прошло так, как Кен и предсказывал. Домой я вернулся при настроении. Но ненадолго. Подошел старший, что за последние два года стало редкостью,

-Пап, ну ты не волнуйся, но могут позвонить из школы.

-Поздравить меня с талантливым сыном?- я еще был в хорошем настроении, но оно быстро уходило.

-Ну-у, не совсем.

И он мне рассказал. Очень сдержанно и не входя в детали. Их я уже дорисовал сам.

В частной школе, где он учился, ученики были из хорошо обеспеченных семей. Начиная с 7 класса, ученики приезжали в школу на своих машинах. Мой старший был единственный, кого возил я и единственным русскоязычным. Образование давали отличное. В классе не более 15 детей. Почти индивидуальный подход. Про стоимость обучения говорить не буду. Естественно. Все было хорошо до сегодняшнего дня.

После уроков мой старший шел из спортзала, что на территории школы, когда к нему подошли трое из старших классов. Загородив дорогу, они потребовали, чтобы он перестал ухаживать за какой-то девочкой. Типичная ситуация. Старший сказал, что он в школе мало кого знает и ни с кем не встречается. Что было правдой. В ответ его начали толкать, вызывая на драку. Парни из школьной футбольной команды, так что они всегда знали, кто прав. И как подливку на мясо еще и добавили, мол, смотри, русская свинья, чтобы тебя видно не было. Как говорил один из героев О'Генри, "...Дальше рассказывать нечего…" Двое остались лежать на земле, не пытаясь подняться. Третий убежал и очень быстро. Лежащие на земле были неграми. Их в школе было очень немного.

-А что ты сделал?

-Пап, ну я же 4 года ходил на тхеквондо.

Расспрашивать дальше мне расхотелось. За обедом, прошедшем в слегка напряженной обстановке, я посоветовал всем не подходить близко к окнам. А когда на следующий день я узнал, что эти двое еще в госпитале, то, с одной стороны, я почувствовал законную гордость за своего старшего. А с другой стороны понял, что он может легко вылететь из этой школы. Кстати, одной из немногих, где наркотики не продавали на переменках.

Но все оказалось намного интереснее. Тот третий, быстро убежавший, на другой день растрезвонил все по школе. И сказал, что они все сами виноваты и что мой сын предупредил их, чтобы его не трогали, ибо могут быть большие проблемы. И в школе появился герой. Ненадолго. Когда спустя пять дней двое "борцов за справедливость" выписались из больницы, они извинились перед моим старшим и все пришло в норму. Наверное помогло, что школа была епископальная (раз в неделю общая молитва. Если не веруешь-просто стой со всеми в знак уважения. Что мои дети и делали).

Интерес к нашей семье начал заметно расти. Началось с того, что вдруг меня с женой пригласили в Country Club. Мы уже бывали в других штатах в подобных клубах. Этот не уступал ни по изысканности еды, ни по обилию напитков, ни по числу отлично загорелых и одетых с изюминкой мужчин и женщин. Вернее, леди и джентльменов. Мы понимали, что нас пригласили, как своего рода экзотику. Три вопроса доминировали:

1. Нравятся ли нам Соединенные Штаты?

2. Что мы думаем о нынешнем правителе России?

3. Почему мы решили эмигрировать?

Это были нормальные вопросы. Я бы спрашивал любого американца, который решил бы переехать на ПМЖ в страну "Рек в Молочных Берегах" то же самое. И еще один, в дополнение: Вы что, совсем мозгов лишились?

А потом шли самые обычные разговоры. Я, например, с удовольствием включился в многоголосый разговор о Джоне Чивере. Моя жена рассказывала про Васнецова. И надо признать, что ее слушали куда с большим вниманием, чем меня. Все разъяснилось просто. Когда мы уже собирались уходить, к моей жене с улыбкой обратились,

-Ну как такая красивая девушка, как Вы, могли выйти замуж за такого, как он?

И да, на меня указали пальцем, а не кивком головы. Ну, чтобы сомнений не было.

Ее ответ заставил меня надуться от гордости,

-Вы понимаете, он говорил так долго, что у меня не было шанса сказать: "Нет!"

А через несколько дней мой младший сказал, что мама одной из его соучениц, хотела бы к нам заскочить. И он ей дал наш телефон. А потом добавил,

-Они миллионеры. Самые богатые люди если не в штате, то в городе точно. У них свой зоопарк.

Миссис Уоррен позвонила, сказала, что визит будет очень краткий, ей дочку из школы забирать, и на следующий день приехала. Эта оказалась совсем молодая и очень симпатичная женщина. Улыбчивая, но не фамильярная. Дальше прихожей она не зашла. Но ее заинтересовали акварели моей жены, и она выразила желание купить одну тут же, на месте. Когда моя жена сказала, что это подарок, в лице миссис Уоррен на секунду что-то дрогнуло, но мгновенно все вернулось на место. Она вежливо поблагодарила и вскоре ушла. И конечно же, я выслушал упреки, что строил ей глазки. И она ко мне неравнодушна. И что, какого черта эта смазливая...И тому подобное, что мне очень льстило.

Спустя несколько месяцев местная картинная галерея приняла акварели моей жены на экспозицию. Пришел народ, был кто-то даже из газеты. Все с удовольствием поглощали бутерброды с черной икрой, которые моя жена приготовила, как для настоящего вернисажа. Я привнес сыр и красное вино. Рассматривали ее работы, комментировали, общались. Очень хвалили икру, которую многие называют "рыбьи яйца."

И тут вдруг заходит молодая пара. Оба в белоснежных теннисных костюмах, классно загоревшие, с ракетками. Типичные представители класса эксплуататоров. Это был мистер Уоррен с супругой. Она напрямую подошла к нам, немного поговорила с моей женой. Потом они оба посмотрели на акварели, выбрали две, которые куратор галереи обязался доставить к ним домой, лично попрощались с нами и ушли.

Куратор галереи,

-Вы с ними знакомы?

-Ну да.

-Вы знаете, насколько они богаты?

-Не интересовались. А что?

-Он-председатель совета директоров местных банков. Да и еще дюжина должностей. А она - занимается дочкой. И все. Не считая всяких благотворительностей. Вам, -куратор обратился к моей жене,- лучшую рекламу и не придумать. Сами Уоррены посетили вашу выставку!

Уже много позже у меня была возможность несколько раз с ней разговаривать. Приветливая, очень сдержанная, но, как заметила жена "...не очень счастливая..." На мой скептический вопрос,

— Это по цвету ее Infinity ты определила? - я мгновенно получил,

-Надо уметь понимать язык тела! Ты видел, как она руки держит? А как шейный платок завязан? И почему она пришла к нам в жакете и брюках для верховой езды? Да еще и в этих сапогах? Это чтобы мне понравиться, не иначе. Еще когда ты трепал языком насчет Джона

Кивера в Country Club, я обратила внимание, как она на тебя смотрела.

-На меня? У нее муж мультимиллионер. Владелец заводов, газет, пароходов. А я маленький инженер, с мизерной зарплатой и неприлично разговорчивый. Что она…

-Не лезь со своим сопроматом в женскую душу. А я тебя насквозь вижу. Распушил перья. Начал Чивером, перешел на Апдайка и закончил вечной мерзлотой в Якутске. Точно классики сказали "…Остапа несло!"

А спустя несколько месяцев я потерял работу. Сразу же позвонили из школы и потребовали плату за два месяца вперед. Заплатить я не мог. До конца учебного года оставалось еще три месяца. Денег на школу брать было негде. Срок уплаты истекал завтра. Если нет-дети в школу больше ходить не могут.

Я пошел в банк и попросил заем. Мне было отказано. Причины сейчас уже не важны. Нет. Чего еще не понятно? И я решился на то, чему все мое нутро противилось. Я решил позвонить миссис Уоррен. Может ее муж, как председатель совета директоров, в порядке исключения, и подобные унижения.

И только я начал все это говорить, как физически почувствовал ее заледеневший взгляд, поджатые губы, изменившийся тон. Он стал очень вежливым,

-Я ничего не могу обещать. Поговорю с Томасом, если застану. Я вам перезвоню. Всего хорошего.

Через 20 минут она перезвонила,

-Можете ехать в банк.

Через полчаса я был в банке. Когда я вошел, менеджер, как будто ждал, вышел из своего офиса, вместе со мной подошел к клерку, который занимается выдачей займов, и стоял рядом, пока очень быстрый процесс оформления не был закончен.

-Так, а какую сумму вы бы хотели занять?

Все это напоминало знаменитый диалог Шуры Балаганова и Остапа.

— Скажите, Шура, честно, сколько вам нужно денег для счастья? — спросил Остап. — Только подсчитайте все.

— Сто рублей, — ответил Балаганов, с сожалением отрываясь от хлеба с колбасой.

— Да нет, вы меня не поняли. Не на сегодняшний день, а вообще. Для счастья. Ясно? Чтобы вам было *хорошо* на свете.

Балаганов долго думал, несмело улыбаясь, и наконец объявил, что для полного счастья ему нужно *6400* рублей и что с этой суммой ему будет на свете очень хорошо.

(И.Ильф, Е. Петров, "Золотой теленок.")

Я назвал сумму. Удивленный взгляд менеджера я не понял. И сказал, что в общем-то и немного меньшая сумма меня устроит. Мне вежливо заметили, что я могу спокойно получить сумму в четыре раза больше. Я также вежливо ответил, что сумма в два раза больше начальной меня устроит. И это всех устроило.

В тот же вечер позвонили из школы и сказали, что проблем с оплатой нет и дети могу посещать школу. Это я еще не заплатил.

А на утро я позвонил миссис Уоррен и поблагодарил ее и ее мужа. Она немного помолчала, а потом,

-Акварель, которую подарила мне ваша жена, висит у меня в спальне. Удивительно свежие облака. Как-будто она из Вайоминга. Как и я. Здесь такого нет.

И почему-то я понял, что она имела в виду не только облака.